Les chambres
de bois

Une jeune fille, Catherine, au cœur ardent, aux songes enfantins, s'éprend d'un jeune pianiste, Michel, qui habite dans une demeure pleine d'ombre et de souvenirs. Elle va épouser cet être froid, distant et fou. Elle, qui est simple et avenante, suivra cet adolescent vieilli dans ses propres rêves et dans le désordre de sa vie. Mais Catherine ne peut faire partie de l'univers étrange de Michel et de sa sœur Lia qui vient, entre deux passions, traîner ses cigarettes et ses colères dans l'appartement des jeunes époux. Et Catherine fuira ces pièces aux boiseries étouffantes pour retrouver le soleil et la vraie jeunesse innocente. Réussira-t-elle enfin à échapper des mains glacées de Michel pour connaître des joies familières dans la chaleur d'un amour quotidien ?

Anne Hébert est née à Sainte-Catherine-de-Fossambault, près de Québec, où elle a fait ses études. Après un premier recueil de poésie, elle a publié en 1958 les Chambres de bois, roman qui fut aussitôt chaleureusement accueilli par la critique et qui lui valut le prix France-Canada. Bien qu'installée à Paris depuis plusieurs années, elle montre dans son œuvre qu'elle reste tout entière habitée par l'Amérique de son enfance. Son roman Kamouraska a obtenu le prix des Libraires en 1971 et les Fous de Bassan le prix Femina en 1982.

Du même auteur

Anne Hébert

Les chambres
de bois

roman

Éditions du Seuil

TEXTE INTÉGRAL.

EN COUVERTURE : Chapelain-Midy.
Symphonie d'été, 1936 (détail).
Musée national d'art moderne, Paris.
Archives Giraudon. © ADAGP.

ISBN 2-02-008805-3.
(ISBN 1ʳᵉ publication : 2-02-000899-8.)

© ÉDITIONS DU SEUIL, 1958.

PRÉFACE

Un roman canadien-français? Bien entendu c'est Maria Chapdelaine *qui nous vient à l'esprit. Il n'y a pas à médire de* Maria Chapdelaine. *Mais enfin on comprend les Canadiens français de s'irriter quand ils nous voient ramener toute leur littérature à ce seul titre, vieux d'ailleurs de près d'un demi-siècle.*

Ils s'irritent de nous voir ignorer tout le reste. Ils s'irritent de nous voir traiter leur effort et leur recherche comme je ne sais quoi de folklorique, comme un régionalisme qui se situerait quelque part entre Eugène Le Roy et Ernest Pérochon. Ils s'irritent du sentiment qu'ils ont que le public français n'aperçoit dans leur propre création qu'un canton ou une province de la littérature française ; que la marche canadienne de la littérature française.

9

Ils ont raison. Lorsqu'il s'agit de traductions, nous savons encore à peu près nous défaire de notre candide impérialisme : nous avons appris depuis Montesquieu que l'on peut être persan. Il nous reste à convenir que le simple fait de parler français n'implique pas appartenance. C'est d'ailleurs l'examen des différences qui fait la culture ; les ressemblances ne donnent que du savoir.

Le roman d'Anne Hébert n'a certes pas besoin qu'on le présente. Mais plutôt nous avons besoin, nous lecteurs de France, de nous présenter à lui. Car, écrit dans la langue la plus simplement et purement française, avec toutes les chances de demeurer comme un des chefs-d'œuvre du Canada français, il a l'incommode autorité des œuvres dignes du nom d'œuvre, et nous empêche de continuer à nous complaire dans le confort de l'ambiguïté.

« Les Allemands ont occupé la France ; maintenant ce sont les Français qui sont en train de nous occuper », dit (avec beaucoup de bonne grâce et de pondération...) le héros d'un récent roman montréalais. « Ce qui m'échauffe la bile, c'est leur détestable manie de toujours nous faire la leçon. » La

catastrophe de Montcalm en 1759, ajoute-t-il, « aura eu du moins pour effet de réduire notre parenté avec le Français à un lointain cousinage et de nous permettre aujourd'hui, quand il veut s'arroger le droit de nous civiliser, de l'inviter poliment à retourner chez lui. »

Nous n'avons pas à plaider : nous avons à saisir ce que signifie cette humeur ; ce qu'elle nous révèle sur nous-mêmes. Toujours donner raison à l'autre.

Qu'il puisse y avoir deux langues françaises qui se ressemblent sans coïncider, celle des Canadiens français et celle des Français de France, je n'y crois guère. Sans doute le français canadien a-t-il suivi depuis deux siècles une évolution dont la courbe ne se superpose pas à celle de l'autre : ce peuple s'est arc-bouté contre le courant de l'histoire — une résistance sous une occupation — pour demeurer fidèle à la langue de ses origines comme il l'était à ses traditions et à sa foi. Et d'autre part, et en sens inverse, au contact du conquérant anglais, puis sous l'influence de la technique américaine, du capital américain, de l'organisation américaine, de l'efficience américaine, des mœurs américaines, il a subi des pressions très puissantes dont sa langue porte les empreintes. Oui. Mais cela suffit-il à faire une langue plus différente du français de Paris que le français qui se parle en Belgique ou en Suisse, en Bretagne ou en Provence ? Et le français même qui se parle à Paris ne diffère-t-il pas tout autant de celui qui s'écrit ? Il existe dans la pratique quotidienne, ne serait-ce encore qu'aux divers étages d'un seul immeuble parisien, combien de variantes du français ! Dans la langue écrite, en revanche, non plus instrument mais méthode, méthode pour connaître, méthode pour prendre conscience, toutes ces variantes se rencontrent par le haut. Elles se confondent au sommet. Il n'y a plus alors qu'un seul français, qui est le français.

Notre tort en France, et notre naïveté, est de croire (ou de nous comporter comme si nous croyions) qu'un usage commun de la langue française entraîne nécessairement une communauté des coutumes, des genres de vie, des itinéraires intellectuels, des attitudes morales ; du choix que l'on fait, parmi les conjonctures de l'existence, entre ce que l'on compliquera et ce que l'on simplifiera ; des problèmes que l'on décide ou de poser ou d'écarter ; de ce que Stendhal appelait la manière habituelle d'aller à la chasse du bonheur.

Voyez où conduit l'équivoque du mot civilisation dans ses emplois actuels. La plupart des occasions de troubles du monde, disait Montaigne, sont gram-

mairiennes. La langue française est une langue de civilisation, mais plusieurs sortes de civilisations peuvent se développer également en elle. Nous vivons d'ailleurs une de ces périodes de distorsion où les habitudes de l'esprit et les moyens du langage se trouvent en retard sur la marche des faits. Notre conception de l'Etat ou de la compétition internationale, par exemple, date encore du temps où l'Atlantique se traversait à la voile. De la même manière, nous avons peine à imaginer que l'aire de la langue française puisse aujourd'hui ne plus correspondre aux autres aires de la francité.

C'est pourtant ce découple qui, dans le monde moderne, nous rend notre chance malgré notre puissance perdue, et peut-être grâce à nos pertes. Mais d'abord, c'est lui qui délie les écrivains canadiens-français : ils n'ont plus à craindre, en suivant le sens historique de leur culture et la pente de leur attachement fraternel, d'aller contre le sens historique de leur nation. Et ils usent sans plus d'arrière-pensées d'une langue qu'ils savent capable d'être à la fois, au-dessus des nationalités, et notre langue et leur langue propre.

« *Ces grands solitaires de l'esprit que sont en Amérique du Nord nos écrivains canadiens-français...* » : *le mot est de l'un d'entre eux, et de l'un de ceux qui se dévouent avec le plus de délicate autorité à dénouer, fil par fil, le réseau de malentendus qui nous sépare et unit à travers l'Océan.*

Tout écrivain, il est vrai, est un solitaire ; et c'est une des étrangetés de la création littéraire que les œuvres soient d'autant plus communicables qu'elles procèdent d'un plus haut degré de la solitude. Mais cette solitude-là peut s'accommoder de la société, voire de la mondanité. Notre société tolère les domaines réservés. Montaigne, Stendhal, Valéry étaient des solitaires assez répandus. Même Rousseau. Même Artaud parmi nous, avec ce cercle de respect autour de son désert. La société française, dense, nombreuse, épaulée plutôt que menacée par les sociétés voisines, allemande, britannique, italienne, qui se mesurent sur les mêmes étalons démographiques, équilibrée aussi par une longue continuité de siècles, offre aux ondes un bon milieu de propagation. Un Canadien ne connaît guère la même conductibilité ; et moins encore un Canadien français ; et moins encore un écrivain canadien-français.

Grand vingt fois comme la France, le Canada est peuplé aux deux cinquièmes de la France. Rêvez un peu sur ces proportions. Imaginez ce que devient alors la familiarité de l'homme avec sa terre. La forêt dominatrice, aussi monstrueuse dans son genre, par rapport aux parcs que nous appelons forêts en France, que l'est dans un autre genre la forêt équatoriale. L'hiver aussi impérieux, aussi peu maniable qu'un typhon ou un tremblement de terre, cataclysme au ralenti mais cataclysme annuel. L'énormité des distances, Québec aussi loin de Vancouver que de Paris (et il ne faut pas moins du quart des méridiens de la terre pour embrasser le pays de Terre-Neuve au Yukon). Lutter. Lutter pour défendre contre les éléments la vie et la survie de l'homme. Lutter pour mettre à la disposition de l'humanité ce que, végétal, minéral, énergétique — ressources immenses, avenir indéfini — la nature gaspille ou néglige. Lutter pour que la valeur canadienne demeure nationale aux côtés d'un voisin luxuriant. En France, nos écrivains renouvellent de siècle en siècle leur tribut de vassalité ou de rébellion à la littérature courtoise : allez donc parler de littérature courtoise à ceux qui ne subsistent qu'en se cuirassant d'acharnement. La société canadienne, bien sûr, est tout autre chose qu'une collectivité de trappeurs, de mineurs, de prospecteurs ; les villes canadiennes, bien sûr, comptent parmi les plus modernes, *les plus vigoureusement urbaines du monde (Paris, auprès de Montréal ou de Toronto, gît accablé sous son passé) : mais le style de vie du bûcheron d'hiver et du docker d'été pèse d'un autre poids sur le rythme commun que celui de nos cheminots ou de nos vendangeurs. « Faire un pays, écrit Gilles Marcotte, ce n'est pas seulement défricher, bâtir des villes, édicter des lois, c'est aussi — et surtout — réinventer l'homme, dans un réseau de coordonnées nouvelles. L'Américain n'y est pas encore arrivé... »*

Et pourtant deux cents millions d'Américains du Nord sont entretissés par l'usage de la langue anglaise. Auprès d'eux, en bordure de cette énorme communauté, mordant à peine sur ce monolithe linguistique, cinq ou six millions de Canadiens français. Leur nombre a centuplé en deux siècles, la natalité reste chez eux exceptionnellement élevée, ce n'est pas une minorité résignée : éclatante de sève, au contraire. Mais ce voisinage ! Gilles Marcotte à nouveau : « Si l'Américain souffre, aujourd'hui, d'un tel dépaysement, qu'en sera-t-il du Canadien français, affronté à la même tâche d'humanisation, mais replié sur lui-même, isolé en Amérique par sa langue même, privé des secours qu'offrent le nombre et la richesse à ses voisins du sud ? »

A l'intérieur de leur propre communauté les écrivains canadiens-français trouvent peu de ces échos qui font à nos oreilles françaises un bruissement familier. Faiblement portés d'ailleurs par une histoire qui date d'hier, j'entends l'histoire comme racine de leur présent et non l'histoire de leurs souvenirs, leur histoire libérée de l'écrasement et de l'humiliation. Cette communauté a eu trop à faire, durant trop de générations, non seulement pour résister à ce qui menaçait l'ensemble de la colonie, puis du dominion, puis de la nation, mais pour se faire elle-même imperméable à la contamination britannique et protestante, elle a dû trop se durcir contre les forces de désagrégation naturelles et humaines, elle a trop conscience de ce qu'elle doit aux vertus de la clôture, de la concentration, de l'obstination et même de l'entêtement : comment se prêterait-elle aux recherches divergentes de l'aventure littéraire, comment ne les recouvrirait-elle pas en bloc de la même suspicion que nous réservons, nous, aux byzantins ? On imagine dans l'âme des écrivains canadiens-français le mot d'Aragon bourdonnant à la manière obsédante des insectes de leur brutal été : En étrange pays dans mon pays lui-même.

A sa voix répond une voix de Montréal : Je marche à côté d'une joie, D'une joie qui n'est pas à moi... *Mais Saint-Denys-Garneau s'enfonce plus avant dans le désespoir :* ...D'une joie à moi que je ne puis pas prendre... *Non seulement l'expérience de la solitude ; non seulement la conscience de la solitude ; mais la solitude ressentie comme un irrémédiable, comme une fatalité, comme une malédiction, comme une prédestination. Figure définitive de l'absence, dit encore Gilles Marcotte, et aliénation intérieure : « C'est pour avoir fait éclater en pleine lumière, pour avoir vécu et exprimé, avec une sincérité bouleversante, cette aliénation, que Saint-Denys-Garneau a exercé une influence décisive sur la récente évolution de la poésie canadienne-française. »*

La poésie est toujours, entre les arts du langage, celui qui marche en tête. Il faut exprimer avant de traduire — « l'homme pense son propre chant, note Alain, et ne pense rien d'autre » — et la poésie dompte d'abord les forces que les moyens de la prose s'efforceront ensuite d'apprivoiser. Si haut que remonte au Canada la tradition poétique, la poésie proprement moderne y commence à Saint-Denys-Garneau, mort en 1943, âgé seulement de trente et un ans. Son œuvre, qui tient toute en deux livres, le recueil de ses poèmes et un Journal, exerce une fascination.

Ce « jeune barbare crucifié », selon un mot de René Garneau, ou, selon son propre mot, cette « bonne volonté tendue dans le désert », sut pour la première fois douer de la parole les puissances nocturnes de la solitude, du désespoir et de la frustration. Et sut le faire dans la langue même de son ascèse : une langue toujours plus dépouillée, plus dure, plus décharnée, toujours plus dégagée des foisonnements imagés, plus sévère sur les mots, plus janséniste. Janséniste... s'il y a un jansénisme en Kafka. Non pas une retraite, en tout cas — son destin ne lui laissait pas le temps de patienter — mais un sacrifice, et qui, en assumant la condamnation jusqu'à l'extrême, a apporté le salut à toute une jeunesse. Par l'expression il a exorcisé. Il a donné une forme humaine à l'inhumain. Il a désentravé le sentiment de la modernité, et lui a conféré le pouvoir de créer, tout à neuf, son langage.

Il y a certes d'autres lignes à suivre dans les lettres canadiennes-françaises, et de moins sombres, et qui ne côtoient pas cet abîme. Mais c'est d'Anne Hébert *que nous parlons, que nous ne cessons pas, sans la nommer, de parler. Je vois déjà bien assez d'outre-cuidance à mettre des pages au-devant d'un roman : il m'aurait paru sot de commenter le roman lui-même, puisque vous le tenez, lecteur, entre vos mains, ridicule de vous raconter ou décrire ce que vous allez lire, indiscret de prévenir votre jugement, insolent d'intervenir dans l'intimité du dialogue pour lequel vous vous disposez. Tandis que sabler les allées, tout simplement, en l'honneur des personnages qui vont y passer...*

Anne Hébert est de la ligne de Saint-Denys-Garneau (qui fut d'ailleurs pour elle un grand cousin selon le sang, et sur qui elle a préparé un de ces films de court métrage où le Canada montre quelquefois tant de maîtrise). En elle le poète est passé par le point où l'impasse et la mort l'ont, lui, arrêté. Après les poèmes de Les Songes en équilibre *en 1942, après les nouvelles de* Le Torrent *en 1950, elle a publié en 1953* Le Tombeau des Rois *où André Rousseaux a distingué la marque d' « un des grands poètes contemporains de langue française », où Pierre Emmanuel a reconnu « un verbe austère et sec, rompu, soigneusement exclu de la musique » et « des poèmes comme tracés dans l'os par la pointe d'un poignard ». Même poétique, même ascèse ;*

même dénudement de la forme, même intensité désespérée sur les thèmes de la déréliction et de l'incommunicabilité.

Le Michel des Chambres de bois : *notre roman français contemporain ne nous a guère accoutumés à ce type, non plus qu'à la manière — cette discrétion précise — dont Anne Hébert promeut à la vie romanesque un homme à la fois pris dans l'existence et exilé de l'existence, déchiré entre la nécessité d'être et l'impossibilité d'être. Elle l'évoque comme elle évoque les objets du monde extérieur, l'hiver canadien, les hauts fourneaux, la maison des seigneurs : par des touches rapides, légères et sûres, par le signe préféré à la description, dans le style de la pudeur et de l'allusion. Elle bannit les explications, les plaidoyers, les confessions et tous ces bavardages de héros qui, sous prétexte de faire reluire le romanesque, ne réussissent qu'à en ternir la pureté. Nous pourrions croire à un poème en prose plutôt qu'à un roman ; ou du moins à ce que Cocteau appelle, non sans afféterie, « poésie de roman ». Nous pourrions croire à une figure symbolique plutôt qu'à un personnage. L'exemple de Saint-Denys-Garneau nous avertit : ce qui nous semblerait symbole est la réalité même, et de cette réalité Michel est représentatif à la simple manière d'un héros de roman.*

Dirons-nous d'une réalité proprement canadienne, et si particulièrement canadienne qu'elle risquât d'être mal aperçue en France ? Proprement canadienne, oui ; et c'est là qu'on vérifie que l'aire de l'expression française recouvre plus de choses que les réalités du lieu français et du moment français. Mais il en va des thèmes de la littérature comme des partis pris des écrivains. L'écrivain qui prétend prendre la voix de tous ne touche personne, et celui-là seul rencontre des semblables qui ne cherche à s'accorder qu'à son onde singulière. Les grands romans sont ceux de la singularité : on découvre alors que cette singularité-là est de tous, mais jusqu'à ce moment perdue dans la routine ou l'inattention. Parce que, si la réalité de l'homme se traduit peut-être par une formule de compromis, sa vérité ne se trouve qu'au bout de la profondeur. Il me semble que nous comprendrions mal le dénouement des Chambres de bois *si nous étions d'abord moins attentifs au milieu spirituel où plongent les racines du roman. L'aventure de Catherine et de Bruno, si on la résumait sans préparations comme on peut résumer la plupart de nos romans parisiens, apparaîtrait banale : ce serait passer à côté de toute sa signification, sans rien voir de l'intense valeur de libération qu'elle exprime.* « Tout est noir, *songea-t-elle, évoquant le pays d'enfance de Michel et Lia d'où elle s'était échappée comme une taupe aveugle creusant sa galerie vers la lumière.* »

Vers la lumière. Il faut revenir à la poésie. Après Le Tombeau des Rois, *Anne Hébert était restée longtemps sans publier. Et puis on a pu lire, dans* Esprit *en juillet-août 1957, dans le* Mercure de France *en mai 1958, de nouveaux poèmes dont la nouvelle inspiration doit être à peu près contemporaine de celle des* Chambres de bois, *qu'ils illuminent d'une manière éclatante. Des poèmes dont la force d'expansion ne se mesure qu'à l'exil muré de Saint-Denys-Garneau, vigoureusement dégagés du mythe de la chambre* (Longtemps nous avons gardé des jours anciens en liberté dans les chambres du fond...), *richement musicaux, violemment colorés, amples de souffle, gonflés de printemps, de confiance et de joie — les poèmes de la métamorphose :*

... Redoute l'avènement silencieux des compassions crayeuses aux faces d'argiles brouillées ;

Pose le vert contre le bleu, usant d'un vif pouvoir, ne crains pas l'ocre sur le pourpre, laisse débonder le verbe se liant au monde tel la flèche à son arc,

Laisse le don alerté mûrir son étrange alchimie en des équipages fougueux,

Profère des choses sauvages dans le soleil, nomme toute chose face au tumulte des grands morts friables et irrités.

Les murs aux tessons bleus crèvent comme des cercles d'eau sur la mer,

Et le point du cœur dessine sa propre souple ceinture,

Le jour, pour la seconde fois convoqué, monte en parole comme un large pavot éclatant sur sa tige.

SAMUEL S. DE SACY.

PREMIÈRE PARTIE

C'était au pays de Catherine, une ville de hauts fourneaux flambant sur le ciel, jour et nuit, comme de noirs palais d'Apocalypse. Au matin les femmes essuyaient sur les vitres des maisons les patines des feux trop vifs de la nuit.

Les fenêtres de Catherine étaient claires, le carrelage de la cuisine luisait comme un bel échiquier noir et blanc. Toute transparence refaite à mesure, Catherine ne s'était jamais laissée devancer par le travail et le temps. Depuis la mort de la mère, n'y avait-il pas trois petites sœurs après elle qu'il fallait nourrir, laver, peigner, habiller et repriser, tandis que le père se retirait en sa solitude.

L'année de la mort de la mère, il y eut un été si

chaud et si noir que la suie se glissait par tous les pores de la peau. Les hauts fourneaux rivalisaient d'ardeur avec le feu de l'été. Sous l'abondance d'un pain aussi dur, des femmes se plaignaient doucement contre la face noire des hommes au désir avide.

La campagne aux environs fumait comme un vieil étang. L'automne venu, on y mena Catherine et ses sœurs, chez un oncle âgé qui ne travaillait plus. On manquait de tout dans la maison, parce qu'il n'y avait personne pour faire les commissions. Les petites firent toutes les courses pour l'oncle qui les avait invitées pour cela.

Puis un jour, en allant au village, elles se perdirent dans le brouillard. Toutes les routes se ressemblaient, traversant des canaux, longeant des champs d'herbages aux arbres fins, bleus de brume, se répétant de-ci de-là, comme des motifs.

La plus petite des sœurs se mit à pleurer. Catherine lui serra la main et s'entêta à chercher dans la campagne mouillée un marchand de vin et de tabac et de quoi recoller un fauteuil écroulé. Bientôt la pluie devint si violente qu'elles se tinrent toutes les quatre sous un arbre, tête baissée, joue contre joue, bras autour du cou, tournant le dos à la tempête, liées ensemble en une lourde gerbe d'enfants perdues. Catherine glissa un regard entre des mèches de cheveux, ses cils frôlèrent la joue de Lucie qui secoua la tête comme pour éloigner une mouche. Elle suivit le regard de Catherine, et toutes deux virent le chasseur et les enfants qui sortaient du bois.

L'homme marchait devant, en de longues enjambées. La fille suivait, s'efforçant d'aller vite et droit, malgré le fusil qu'elle portait en bandoulière. Le fils venait loin derrière, tête basse, accablé sous le poids de la gibecière.

Ce fut Lucie qui demanda sa route. L'homme répondit d'une voix brève, avec ennui, puis, comme il regardait Lucie, quelque chose de vif et de rusé se réveilla sur son visage las, comme un petit renard qui rompt soudain un masque. Il dit à Lucie qu'il la trouvait forte pour son âge et il lui expliqua le chemin du village. Puis il s'ennuya à nouveau sous la pluie avec une grande hauteur.

Ils restèrent tous quelques minutes sous le couvert des arbres, les enfants un peu à l'écart du père.

La fille du chasseur avait un visage couleur de muscade, des yeux minces très noirs lui remontant vers les tempes. Elle dit d'un air pointu, sans regarder Catherine et ses sœurs, qu'elle avait chassé dès avant le jour, à travers les marais et que la gibecière était pleine de cailles. Le petit garçon dit qu'il avait la fièvre. Il leva vers Catherine son visage effrayé, baigné de larmes, et il ajouta, tout bas, que son père l'obligeait à porter la gibecière lourde d'oiseaux blessés. Catherine était si près du petit garçon qu'elle aurait pu suivre avec son doigt les traces de larmes sur les joues aux pommettes dures. Une âcre senteur de gibier souillé montait de l'enfant comme la propre odeur de sa détresse.

Le chasseur siffla ses chiens, il se mit en route, la petite fille et le petit garçon sur ses talons, de compagnie avec de grands chiens maigres.

Le soir, à la veillée, Lucie fit parler l'oncle qui n'aimait rien tant que de se taire comme s'il aspirait à devenir un mur bien lisse, une pierre sourde, un mort renfrogné. Lucie regarda l'oncle par en dessous et elle lui parla du chasseur qui l'avait trouvée forte pour son âge.

La parole se frayait de durs chemins à travers le silence de l'oncle ; les veines se gonflaient à son cou, à ses tempes. Il jura, s'étouffa, puis il parla, moitié avec ressentiment, moitié avec joie aigre, des droits usurpés de chasse et de pêche, de toute la campagne ravagée par un seul seigneur, des bêtes blessées pourrissant dans les fourrés et des filles pures rendues mauvaises en une seule nuit. Il évoqua la maison trapue aux fenêtres longues et étroites. Il baissa la voix et dit que la femme qui vivait là, en un désœuvrement infini, s'entourait souvent de faste et de cruauté. Il avait lui-même aperçu sa figure de hibou immobile contre la vitre de la maison des seigneurs, un soir de pluie.

Une fois le vin, le tabac, le bois, la farine, le sucre et le sel rentrés, lorsque le vieux coucou se fut mis à sonner l'heure juste et que l'huile eut rendu le silence aux portes irritées, lorsque tout fut lavé et rangé et le chien apprivoisé, l'oncle renvoya ses nièces.

Catherine et ses sœurs ne retournèrent plus à la campagne.

Pendant longtemps, un paysage noyé de pluie et de brume vint visiter les petites filles, tantôt l'une, tantôt l'autre, et, parfois, toutes à la fois. Et elles échangeaient alors leurs impressions, le soir à voix basse, lorsque le père était endormi. Les deux lits se touchaient dans l'ombre et cela faisait un seul champ de sœurs couchées, la tête de Lucie pareille à un

épi noir parmi les blanches pailles défaites des trois
autres chevelures emmêlées.

Catherine, la première, selon la gravité de son
droit d'aînesse, rangea la maison des seigneurs, très
loin en son cœur, là où dormaient les objets lourds
et sacrés. La mort de la mère y était déjà et l'enfance
arrachée. Elle eut un songe :

« Sur la plus haute tablette de l'armoire, parmi
l'ordre du linge empilé, la maison des seigneurs
était posée au creux d'une boule de verre, comme un
vaisseau dans une bouteille. Le parfum des arbres y
demeurait captif et la peine d'un petit garçon durait
à l'abri de toute compassion. Lorsque Catherine eut
saisi la boule de verre entre ses mains, la pluie et
le brouillard descendirent, peu à peu, sur la maison,
les arbres et la peine de l'enfant. L'image entière
fut noyée dans un sablier renversé. »

Mais le jour criait après Catherine. Il y avait des
matins pleins d'odeur de filles-enfants, des voix
aiguës s'affilant les unes les autres comme des griffes
et toute la vannerie des tresses d'or et de jais. La
voix rare du père sonnait par instants, pareille à un
gong sourd réclamant le silence.

Le père au travail, les sœurs à l'école, Catherine
penchait un visage d'innocente sur la tâche quotidienne. Tout se passait fort simplement comme si

deux servantes puissantes au bout de ses bras d'enfant eussent à lutter seules, interminablement, en leur vie rêche, contre le noir du pays, ainsi qu'une rosée mauvaise se posant sur le linge, les meubles, la maison tout entière, sur les bottes lourdes du père et jusque sur sa face amère.

Un hiver vint qui fut très froid où le lierre de Catherine brûla à sa fenêtre. La neige couvrit le pays. Il y eut tant de silence cette année-là qu'on entendait exister les choses fortement autour de soi. Les signes noirs des pas furent lavés à mesure devant les portes. On manqua de bois pendant deux jours entiers. La plus petite eut la fièvre et souffrit d'un point au côté qui la fit pleurer. Le père s'enferma longtemps dans un état de fureur muette qui lui plaisait assez.

Au sortir de l'hiver, Lucie était devenue plus grande que Catherine. Dès le premier soleil, elle s'étira, debout sur le seuil, avec une joie tranquille de fille hors de sa mue. Elle porta la plus petite sur ses épaules pour une longue promenade par les rues raboteuses. Çà et là dans la ville, on parlait à voix basse, avec inquiétude, du travail qui, après avoir crié après tout le monde, relâchait des hommes, peu à peu. La petite, hissée sur les épaules de sa sœur, vit à travers les carreaux de sa maison un homme sans travail, couché en plein jour, en travers du lit, comme un enfant puni, sa face mauvaise regardant le plafond.

Lucie pensa que le père se faisait vieux et que la sécurité de la maison se trouvait menacée par l'âge du père. Le soir même, elle déclarait, d'une voix hâtive, qu'elle ne voulait plus aller à l'école, désirant s'occuper de la maison à la place de Catherine.

Lucie fit couper ses nattes et les porta à son père. Lorsque l'homme vit devant lui la première chevelure tombée, la première enfance insoumise avec son front bouclé de bélier têtu, il frappa la fille au visage avec les longs crins noirs empoignés comme des fouets.

La sœur du père s'appelait Anita. Elle vint un jour, huma ses nièces comme des bouquets et les trouva fraîches et belles. On lui fit part des problèmes de la maison. Son expression devint grave et préoccupée comme si elle enfilait une aiguille. Tout d'abord elle assura le père que le travail ne se retirait pas comme ça du corps d'un homme, à moins qu'il ne le veuille bien. Au sujet de ses nièces, elle était d'avis que l'on mariât l'aînée, tandis que la cadette prendrait sa place à la maison. Elle se désolait que l'âge de Catherine fût aussi peu sûr aux hanches et aux seins. Il était regrettable aussi que le profil de la petite fille se montrât si grave à la fenêtre, lorsqu'elle cousait.

Dès lors il arriva à Catherine de s'asseoir sur le seuil de sa porte, à l'heure où les feux des hauts fourneaux luttaient avec la lumière violette des longs soirs d'été.

Les hommes de ce pays étaient frustes et mauvais. Et la fille sans couleur, aux jupes trop courtes, aux genoux maigres, simulait le travail ou l'enfance lorsque l'un d'eux s'arrêtait pour la regarder et lui dire bonsoir. Elle désira donner asile au rêve et devint lointaine, pleine de défi et de mystère comme celle que flaire un prince barbare en secret.

Dans la salle de l'école déserte, aux longues fougères vertes, Catherine s'est arrêtée, pour écouter la musique. « Le piano est accordé », s'était-elle répété, le long du corridor, avec émerveillement comme s'il se fût agi de l'entente soudaine, débordante, de toutes les choses de la terre. « C'est pour la fête de dimanche », lui avait dit la directrice tentant de sourire avec sa figure usée de vieille monnaie.

Catherine s'est assise tout près du piano, fascinée par ce passage visible de la musique aux doigts du pianiste et jusque sur sa face inquiète et rare. « Il n'y a que moi qui écoute, ici », songeait-elle, un peu effarée par la force même de son attention. L'inconnu jouait pour elle. Elle s'inquiéta bientôt, car la musique s'emballa, sembla devenir folle comme le riz qui monte et chavire sur le feu.

Puis, le jeune homme ne joua plus. Il s'approcha de Catherine. Elle vit de tout près la couleur olive de la peau, la finesse des os, cet étonnant regard en amande le plus souvent au guet entre les cils, et, parfois, s'abattant sur elle comme un éclair d'or.

On aurait dit qu'il voulait protéger ses doigts de tout contact. Catherine méprisa des mains aussi précieuses. Il s'assit sur le banc à côté de la jeune fille, la regardant, sans la voir, avouant sa fatigue, le décroissement de cette exaltation qui l'avait pris au piano comme une tempête. Des pas se rapprochèrent dans le corridor. Le jeune homme se leva. Il dit à Catherine, tout bas, contre son oreille :

— Un jour, je donnerai un vrai récital, dans une vraie salle, vous verrez...

Il s'inclina devant Catherine comme on salue après un concert. Il lui fit promettre de venir à la fête de l'école, car il désirait la revoir.

Catherine dut courir après ses petites sœurs qui avaient déjà quitté l'école.

Le dimanche suivant, au moment du concert, on attendit longtemps le pianiste qui ne vint pas. La salle à demi enfantine murmura comme une arène tumultueuse. La directrice demanda à une dame rousse de jouer du violon et à deux petites filles maigres d'exécuter une danse espagnole.

Catherine retourna chez elle avec ses sœurs après la représentation. On parla du pianiste qui habitait la campagne, tout près de la forêt, dans une maison aussi grande que l'école.

— C'est la campagne où nous sommes allées, l'année de la mort de maman, dit Catherine.

Elle se garda bien de parler à ses sœurs de sa rencontre avec le pianiste, se demandant tout bas pourquoi le jeune homme n'était pas venu au concert. Un pays de brume et de forêt se levait en Catherine. Elle y retrouvait un seigneur hautain, en bottes de chasse, une fille noire, affilée comme une épine, tandis qu'un petit garçon effrayé s'illuminait soudain et prenait taille d'homme.

Un matin, le facteur apporta une lettre qu'il remit à Catherine en lui assurant que c'était pour elle. La jeune fille se trouvait seule à la maison et lavait du linge, une grosse natte de cheveux battant dans son dos. Elle s'essuya les mains, tourna et retourna l'enveloppe entre ses doigts avant de se décider à l'ouvrir.

La lettre était signée : « Michel ». Elle se lisait ainsi : « Je ne connais pas votre nom. Je ne sais rien de vous. Si j'ai appris à reconnaître votre maison c'est parce que je vous ai suivie, l'autre soir, sans que vous le sachiez. Oubliez ce concert que j'ai manqué, par malheur. Et, je vous en prie, venez quand même, ce soir, à l'heure convenue, non loin de l'école, là où commencent les arbres du parc, comme si je vous le demandais pour la première fois. »

Dans le parc aux arbres noueux, aux allées charbonneuses, Michel et Catherine se sont assis sur des chaises grêles et rouillées. On entendait de loin les bruits assourdis de la ville. Le vent s'était tu. Il y avait des feuilles jaunes qui tombaient à intervalles presque réguliers, lourdes comme des sous qu'on aurait jetés dans un étang. Michel regardait Catherine furtivement, sans parler. Lorsqu'elle se leva pour partir, il chercha à la retenir.

— Vous reviendrez, dites ? Je vous attendrai, ici, à la même heure ?

Elle fit « oui » de la tête en secouant ses cheveux. Le jeune homme trouva la main de Catherine rugueuse et colorée comme si elle sortait de l'eau. L'adolescente se dégagea brusquement et se mit à courir pour rentrer chez elle.

Vers ce temps, Anita commença de venir presque quotidiennement. On entendait son rire se mêlant à celui des enfants, le soir, vers l'heure du dîner. C'était à qui faciliterait, protégerait, arrangerait les rendez-vous de Catherine avec Michel, sans que le père le sût. Dès l'arrivée de Catherine, tout rentrait dans le silence. Catherine se taisait aussi, par défi.

Qui avait prévenu Anita au sujet de Michel ?

Catherine n'avait-elle pas toujours levé vers sa tante un lisse visage muet en guise de réponse à toutes les interrogations ?

Pourtant Michel n'était pas revenu au rendez-vous et l'adolescente feignait, tous les soirs, face à ses sœurs et à Anita d'avoir à répondre à la pressante invitation d'un jeune seigneur oisif et beau. Elle se promenait alors toute seule de par les rues, regardant les étalages et les boutiques, choisissant des fleurs, des robes et des bijoux, sans que son image mièvre la trompât, reflétée au passage dans les glaces des vitrines.

Puis, un soir que Catherine longeait le parc, avant de rentrer, Michel fut à nouveau devant elle, la saluant légèrement, comme s'il ne l'avait jamais quittée.

Ils firent quelques pas ensemble au bord du canal. Michel dit qu'il avait marché à travers bois pour venir et que c'était déjà plein d'ombre sous le couvert des arbres. Catherine répondit qu'elle devait rentrer, qu'on l'attendait à la maison. Elle parlait bas, regardant le jeune homme à la dérobée, n'osant l'interroger au sujet de sa longue absence. Elle se disait : « Qui fait qu'il m'a oubliée si facilement, pendant de longs jours, comme une très vieille morte ? Quelle étrange occupation de seigneur l'a gardé au milieu de sa maison et empêché de venir vers moi ? » Et elle cherchait en vain sur le visage fraîchement rasé la trace d'un drame, d'un mal, d'une fièvre. « Comme le voilà calme, distant, rangé », pensait-elle. Et du coup, il sembla à Catherine qu'on voulait laver son cœur d'un ardent, fabuleux château d'enfance, prisonnier d'un pays de brume et d'eau.

La voix de Michel tout près de son oreille la fit sursauter :

— A quoi pensez-vous donc, Catherine ? Vous voilà bien silencieuse ?

— A rien, Michel, à rien...

— Ne voyez-vous pas comme il fait calme et beau, ce soir ? Depuis longtemps, je n'ai ressenti autant de paix, je crois.

Catherine répéta qu'elle voulait s'en aller. Michel s'étonna, puis s'inquiéta vivement comme s'il craignait de perdre Catherine :

— Mais, Catherine, je vous ai à peine vue et vous voulez déjà me quitter ?

La jeune fille éprouva l'angoisse de Michel se posant sur elle ainsi qu'une main pour la retenir. Elle se garda d'en être heureuse.

Michel vint le lendemain et les jours suivants. Du plus loin qu'il apercevait la ville, il cherchait Catherine des yeux, indifférent aux passants, foulant les pavés en de longues enjambées, semblant continuer une exaltante promenade en forêt, longeant les marais, parmi les herbes et les branches, faisant lever le gibier d'eau sur son passage.

Où que Catherine allât dans la ville, il y avait une heure entre le jour et la nuit d'automne au cours de laquelle le jeune homme surgissait, à ses côtés, chaussé de bottes pleines de boue, suivi d'un chien efflanqué.

Catherine s'effraya. Elle supplia Michel de faire en sorte qu'on ne les vît pas ensemble dans la ville. Elle évoqua devant lui la maison sévère où, parmi ses filles, s'asseyait tous les soirs un homme taciturne. Et soudain, l'ombre rapide et silencieuse d'Anita passa dans le cœur de Catherine qui se froissa.

« Comme cette maison lestée de sommeil est lourde », pensa Catherine qui bordait ses petites sœurs endormies. Elle se déshabilla très vite. Puis, elle hésita à se coucher, gênée par cette présence tardive d'Anita dans la salle.

« Mais qu'attend-elle donc pour rentrer, elle qui ne quitte sa demeure que les yeux maquillés, quelque dessein précis gravé sur son front buté ? Depuis le dîner qu'elle tourne autour de moi. Elle montre du doigt la boue sur mes souliers. Elle épie mon regard, s'étonne si je chante, se fait une fête d'une toute petite feuille dorée accrochée à la laine de ma veste ; pour un peu elle flairerait mes deux mains y dépistant cette odeur sauvagine qui me gagne si vite et si fort le cœur que je ne pourrai dormir de longtemps. »

Par deux fois, la voix étouffée d'Anita a appelé Catherine. Anita croyait bien qu'elle ne tirerait pas un mot, pas un geste, pas un regard de cette fille défendue comme la pierre. « Mais le cœur bat là-dessous, il bat, à vif sous mes paroles, comme dans un bouquet de ronces. »

La jeune femme dit que Michel possédait de grands biens et un éternel loisir pour son tourment. Elle parla aussi du père dont le travail touchait à sa fin et qui n'avait que faire de quatre filles en sa maison. Elle insista sur l'état d'humiliation où se trouvait cet homme appelant toute colère à son secours. Elle parlait bas, la tête penchée vers Catherine, cherchant son regard, détachant chaque mot.

— Tu comprends, Catherine, on vous a vus ensemble dans la ville, Michel et toi. Un jour ou l'autre, ton père le saura. Qu'y a-t-il entre ce garçon et toi ? Pas grand-chose sans doute, belle innocente. Mais tu sais que ton père ne plaisante ni avec l'amour, ni avec la mort. Tu m'entends, au moins, Catherine ?...

A ce moment, le père parla confusément en son sommeil. Catherine fut debout. Anita se détendit, articula très doucement, comme à regret :

— Il faut que tu te maries, Catherine...

La jeune fille avala sa salive comme si elle étouffait :

— Avec Michel ?

— Avec Michel ? Bien sûr, avec qui veux-tu donc que ce soit ?

Le père cria avec une voix qui n'était pas de ce monde. Il grondait très fort contre une terrible girouette rouillée grinçant dans la ville pour appeler les morts. Puis il pria avec sa voix ordinaire qui devenait suppliante, que l'on fermât bien toutes les fenêtres et la porte.

Catherine se rapprocha de sa tante qui avait déjà la main sur le loquet. Les prunelles bleues s'agrandissaient démesurément. Elle murmura dans un souffle :

— Tante Anita, j'ai peur que tout cela ne soit un rêve et que Michel ne m'épouse jamais.

Lorsque Catherine eut dit à Michel qu'elle le connaissait depuis longtemps, il s'étonna, se rembrunit, répondit qu'il ne s'en souvenait pas et que, d'ailleurs, il n'aimait pas qu'on lui rappelle les choses anciennes. Catherine continua, parla de la pluie, de ses sœurs, du chasseur et des enfants... Michel parut s'ennuyer pendant le récit de Catherine. Puis, il se retourna brusquement vers elle, la regarda droit dans les yeux, d'un seul coup d'œil, jaune, aigu.

— Ah ! Catherine, pourquoi réveiller ce qui est passé ? Avec vous je devenais léger comme celui qui n'a jamais eu d'enfance.

Catherine se mit à fixer obstinément deux cailloux à ses pieds.

— Michel, je veux savoir. Il faut que je sache.
Qu'est-ce qui se passe dans votre maison et dans la
forêt qui est autour ? Que devenez-vous lorsque vous
quittez la ville ? Je veux savoir, Michel ! Et votre
petite sœur si noire ?

— Cette petite sœur si noire et violente, Catherine, si jeune et presque maudite... Mais qu'allez-
vous chercher là ? Est-ce que je vous demande des
nouvelles de votre maison, moi ?

Michel redressa la tête de Catherine, la tint dans
ses deux mains, bien en face de lui, écartant les
cheveux, éprouvant le petit crâne dur, touchant le
front, le nez, les mâchoires, les joues mouillées de
larmes, comme on goûte la fraîche dureté d'un cail-
lou poli par la mer.

Catherine regarda aussi Michel, longuement, sans
baisser les yeux. Michel se mit à trembler comme s'il
avait eu peur.

Par trois fois, Catherine refusa de sortir à l'heure
habituelle. Elle défendit aux petites de quitter la
maison. Elle ordonna que l'on fermât plus tôt les
volets et la porte, prétextant la brume et cette odeur
de terre montant tout alentour de la ville, à l'assaut
des longues soirées d'automne. A son retour le père
parut apaisé au cœur de sa maison bien close.

Le quatrième soir, Catherine se coucha, tandis

que Lucie reprenait la haute main sur la maison. Un chœur de voix enfantines alternées assaillait Catherine en son demi-sommeil, rejoignant à mesure la voix même de ce sombre enchantement auquel, au plus profond d'elle-même, elle se trouvait livrée.

— Pourquoi Catherine nous défend-elle de sortir ? — C'est Michel qui la rend mauvaise comme l'herbe à puces ! — Catherine va se marier avec Michel ? — Je ne veux pas qu'il emmène Catherine dans cette maison au fond des bois ! — On entre là-dedans et cela sent l'armoire de cèdre et la fougère mouillée. On peut se perdre dans la cuisine comme dans une ville chaude encombrée d'épices, d'odeurs qui cuisent, de cuivres rouges qui flamboient. Les femmes surtout sont méchantes et dorment dans les chambres les plus éloignées, sur des lits grands comme des maisons.

Depuis un instant la voix de Lucie s'élevait, seule, grisée par ses propres paroles ; Catherine tout à fait réveillée s'était levée pour écouter le récit de sa sœur :

— La mère est morte toute seule, au petit matin, les enfants endormis au bord du feu ne s'en sont pas aperçus. La servante s'était enfuie, la veille, et le père n'était pas rentré de la chasse. Le père est mort à son tour, dans un pays étranger. La petite fille grandit. C'est une maison où les femmes règnent. Elle a gravé son nom sur les vitres et les glaces, Lia qu'elle s'appelle, la sœur de Michel...

Catherine s'est dressée face à Lucie.

— Ce n'est pas vrai ! Ce n'est pas vrai ! Tu inventes des chansons maudites pour saisir les petites. Moi seule ai le droit de parler de Michel et de sa maison. Et qui t'a raconté tout cela ?

— Tout le monde en parle dans la ville. Et l'on parle de toi aussi comme d'une douce niaise qui court après les grandeurs.

Le lendemain matin, Anita frappa très tôt, avant que la porte fût ouverte. Elle avait une voix insinuante et haute :

— J'ai cueilli deux feuilles mortes, parfaites, sur le seuil, dorées, grandes comme la main, plates comme des fleurs d'eau.

Elle donna les feuilles à Catherine et personne ne vit la lettre qui y était cachée.

« Je ne vous vois plus, Catherine ? Serait-il possible que je vous aie perdue ? Venez vite, le jardin peut sombrer d'un moment à l'autre, abattu par le vent et le gel. Qu'il en soit fait comme vous le désirez : si vous venez (et vous viendrez, je vous en prie si fort) je vous accueillerai en ce monde de mon enfance, là où vous êtes déjà passée, sans que je le sache. Venez, Catherine, ici rien n'a changé (en apparence) ni le jardin, ni la maison. Je ne fais que vous attendre. Michel. »

Anita laissa la porte ouverte.

— Il fait doux, Catherine, laisse le soleil entrer.

« Comment me rendre jusque chez Michel ? pensait Catherine. Faire ce long voyage et revenir, sans que mon père le sache ? »

Anita tendit des choses à Catherine par-dessus la table.

— Voici un collier et ce grand châle brodé qui vient de ta mère...

Catherine n'osait toucher à rien. Soudain, elle respira une odeur d'iris qui lui perça le cœur. Elle enfouit sa tête dans le châle qu'elle se mit à mordiller, afin que la senteur de la mère lui entrât dans la bouche, fût sur ses dents et dans son palais.

Anita se tenait debout devant Catherine, subjuguée, blessée par la passion de l'enfant. Elle songeait : « Petite créature, petite créature, que te voilà chaude et avide, et moi, femme faite qui ai reçu mon compte, et rien ne m'arrivera plus, voici que je n'ai rien à t'apprendre... »

— Tante Anita, comment faire pour aller chez Michel ?

Le soir même, le père qui ne sortait jamais que pour rafraîchir son deuil ancien, annonça qu'il passerait la soirée à veiller une jeune morte, épouse d'un camarade de travail.

Dès après le départ du père, Catherine montait en voiture aux côtés d'Anita. La jeune fille ne reconnaissait ni la route unie, ni les bois taillés. Lorsqu'on fut en vue de la maison, elle s'étonna d'arriver si vite, et cela la dérouta de n'apercevoir ni tourelles, ni balcons, ni barreaux aux fenêtres. Le jardin lui sembla petit et tout échevelé. Anita déposa sa nièce qui demeura seule un moment contre la grille, le temps que s'éteignît la sonnette rouillée. La maison de pierre était là, massive, avec ses fenêtres fermées, sans un filet de lumière.

Bientôt Michel apparut, marchant lentement sur le sable de l'allée comme pour éviter des flaques. Il hésita à ouvrir, ne paraissant pas reconnaître Catherine qui murmura :

— C'est moi, Michel !

Elle se mit à détester le châle qui entravait ses mouvements. Michel ouvrit, laissa passer la jeune fille et referma la grille sur elle. Il répéta : « C'est vous, Catherine », puis ne sut que dire.

Le jour commençait à baisser, l'odeur du jardin devenait âcre. Quelque chose remua près d'une fenêtre. Michel sursauta :

— Ne restons pas là, Catherine, venez, je vous ferai voir le jardin.

Michel contourna la maison, entraînant Catherine jusqu'au fond du jardin. Puis, il s'appuya au mur de pierre et se mit à regarder une fenêtre au premier étage, là où une lumière venait de s'allumer. Tout à coup il se retourna brusquement vers Catherine.

— Catherine ! On peut vous voir de là-haut ! Baissez-vous ! Bon ! comme ça, derrière les noisetiers.

Michel s'agenouilla aux côtés de Catherine, la tête levée vers la fenêtre, parfaitement immobile, noué comme une bête aux aguets.

Catherine se débarrassa du châle avec de petits

mouvements vifs de ses mains, de ses bras qui attei-
gnaient Michel à l'épaule, sans qu'il parût s'en apercevoir. Elle eut envie de crier, de casser des branches
sèches. Elle percevait chacun des battements du
cœur de Michel, tandis que l'haleine violente de
la terre d'automne et des feuilles macérées lui montait au visage : « C'est comme si je mangeais de
l'herbe pourrie ! » songeait-elle. Elle secoua son
jupon amidonné qui crissa. Elle pensa à ses jambes
égratignées. Michel à côté d'elle ne bougeait pas,
fasciné par cette seule fenêtre allumée dans la nuit.
Puis, là-haut, on ferma les volets qui grincèrent
interminablement. Michel se leva, fit signe à Catherine de le suivre.

Catherine ne pouvait détacher ses yeux de cette
singulière, lourde demeure reprise par la nuit. Elle
songeait que là reposait peut-être le cœur obscur
de la terre, avec le piano de Michel, sa palette de
couleurs, son amer loisir et toute la vie de château. Elle évoquait ces femmes de grande race,
cruelles et oisives, maintenant couchées en leurs
moelles crayeuses, et soudain, l'image vivante et
aiguë de Lia, sœur de Michel, se dressa dans le
cœur de Catherine. Michel appelait à mi-voix :

— Venez vite, Catherine, je vous prie.

Michel ouvrit et referma la grille avec d'infinies

précautions, retenant la sonnette dans sa main.

« Rien au monde ne fera que je me retourne »,
se répétait Catherine, à mesure que s'éloignait derrière elle cette maison où personne ne l'avait invitée
à entrer. Elle jura de ne plus revoir Michel, deve-
nant dure en elle-même, comme si elle eût craint
d'être changée en statue de sel, au moindre signe de
regret. Le silence n'était rompu que par le bruit
égal de leurs pas sur la route. La campagne nocturne
commença d'effrayer Catherine qui se rapprocha de
Michel, épiant par moments le visage effacé dans la
nuit. Michel se mit à parler d'abord à mi-voix, puis
de plus en plus haut :

— Chassé ! Je suis chassé de ma maison par la
honte ! Jamais je ne retournerai là-bas, à présent.
Tout est sali, perdu, fini...

La voix de Catherine, inerte, sembla répéter en
écho des choses dénuées de toute signification.

— De quoi parlez-vous, Michel ? Qu'est-ce donc
qui est perdu, sali, fini ?

— De la boue, voilà ce qu'elle est devenue, cette
fille sacrée entre toutes. La faute est entrée chez
nous avec elle.

Cette façon de parler qu'avait Michel gênait
Catherine comme une blessure qu'on fait fleurir sur
la place. Elle murmura de sa petite voix blanche :

— Qui vous a fait de la peine, Michel ? Qui a fait cela ?

Les paroles de Michel devinrent à peine perceptibles et, pour la première fois, il parut s'adresser à Catherine :

— Lia est revenue, ce soir même, et cet homme qui est son amant est avec elle.

En entrant dans la ville, Catherine voulut se séparer de Michel tout de suite, afin que personne ne les vît ensemble. Michel tenta de retenir Catherine, répétant « qu'il était tout seul et malheureux ». Elle fit volte-face, pareille à un petit coq pâle, acéré.

— Et moi, Michel ?

— Vous, Catherine ? mais qu'avez-vous donc ?

— Rien, ce n'est rien, je suis prise au piège comme une souris.

Elle défendit à Michel de chercher à la revoir et parla de la colère de son père. Michel demeura saisi d'étonnement. Il parla lentement, comme s'il ne parvenait pas à s'imaginer ce qu'il disait :

— Mais, Catherine, vous êtes trop petite pour qu'on vous fasse aucun mal.

Elle se mit à courir en direction de sa maison.

Il la rejoignit devant sa porte, comme elle allait entrer. La fenêtre de la salle demeurait éclairée.

Michel supplia Catherine de l'écouter. Il parla de la solitude de la ville pierreuse, du vent sur la place, de l'homme qui est sans gîte, ni recours, de la violence du sang chez les filles qui se damnent.

Les jeunes gens se trouvaient maintenant sous les fenêtres du voisin, sombres et barricadées. Michel chuchotait ses étranges paroles contre le visage de Catherine qui demeurait clos, tourné vers le mur. « Il parle, il respire sur moi, pensait-elle, comme on souffle sur ses propres doigts. » Bientôt, elle n'entendit plus rien, sensible à cette seule chaleur mouillée dans son cou, sur sa joue. « On dirait que j'ai le vertige », songeait-elle.

Quelqu'un bougea dans la maison du père. La jeune fille sursauta et voulut s'échapper. Michel lui barra le passage. Il balbutia :

— Ne m'abandonnez pas, Catherine, je n'ai plus que vous à présent...

Il parlait comme s'il avait eu la fièvre, serrant les poignets de l'adolescente dans ses doigts.

— Restez avec moi, Catherine, je vous emmène-

rai à Paris, dans cet appartement que nous gardons
pour la saison des concerts, Lia et moi. Je la fuirai,
elle et cet homme qui est avec elle.

La porte de la maison s'ouvrit toute grande. Lucie
appela :

— C'est toi, Catherine ?

— Il faut que je rentre... Il faut que je rentre,
souffla-t-elle, tentant de dégager ses poignets.

— Catherine, reste, je t'en prie, ne me laisse pas
tout seul. J'irai te demander à ton père, s'il le faut,
mais ne me laisse pas tout seul.

Il avait articulé lentement ces dernières, éton-
nantes paroles ; chaque mot prononcé lui apportant
une paix immense, visible.

Les mains calmes effleuraient maintenant le cou
de Catherine, sa taille, sa gorge et son visage,
comme si Michel eût voulu susciter, sans hâte ni
passion, un corps solide et doux, dans la nuit.

DEUXIÈME PARTIE

Il y eut d'abord tout un jour dans l'appartement de Michel, un jour vaste et sonore, entre les malles, les caisses, la poussière, le désordre figé de l'année dernière, le va-et-vient des déménageurs, le café âcre et froid, les sandwiches séchés, le feu qui ne prend pas, l'odeur fade des pièces fermées et, se mêlant à tout cela, la longue attente de la nuit, l'angoisse de la nuit qui va venir et que l'on espère lâchement comme un train triste dans une gare déserte.

Catherine se coucha dans le lit de Michel, qui était étroit comme un lit de pensionnaire. Elle éteignit la lampe, tandis qu'une voix murmurait humblement en s'éloignant :

— Bonne nuit, Catherine, dors bien, toute petite fille, je veille dans la pièce à côté.

Et Catherine ne bougea pas, attentive au décroissement lent des pas de son mari.

Il faisait grand jour lorsque Catherine s'éveilla. Elle n'ouvrit pas les yeux tout de suite, essayant de repérer, avec ses doigts d'abord, les signes les plus proches de sa vie nouvelle : les jours brodés sur les draps et, là, sur la table de nuit, à portée de sa main, l'anneau lisse et fin qu'un homme en rêve lui avait passé au doigt.

Mais tout de suite, elle pensa qu'il fallait trouver du café, un moulin, des allumettes, du lait, des tasses, du pain, du beurre, des assiettes, des couteaux, et elle s'habilla très vite.

Lorsque Catherine entra dans la grande cuisine qui servait aussi de salle à manger, elle vit Michel qui dormait, enroulé dans une couverture sur un petit divan bas, écrasé comme une marche usée.

Elle s'agenouilla à côté du divan. Elle appela doucement, interdite de se trouver tout près de ce visage nocturne clos comme un masque. Elle appela à plusieurs reprises, à voix de plus en plus haute. Le son de sa voix se perdait, puis paraissait atteindre Michel après coup, comme une fronde. Il sursautait, mais ne s'éveillait pas. Puis elle secoua Michel par les épaules, découvrant la poitrine nue, désarmée. Michel, en son sommeil, poussa une sorte de plainte déchirante, sensuelle. Catherine laissa retomber sa tête sur le cœur de cet homme que le songe livrait au désir et à l'angoisse.

Catherine fit le tour de l'appartement qui était sens dessus dessous, comme si des fous y eussent jeté, en grande hâte, des charretées de meubles et d'objets hétéroclites.

Elle tenta de mettre de l'ordre, sans rompre aucun silence. Et, tout à coup, Michel fut devant elle, avec un visage de somnambule que griffait la grande lumière de midi. D'une voix éteinte, il demanda du café et insista pour que Catherine tirât les rideaux.

Le jeune homme but son café, fuma une cigarette, s'étira, et se mit à aimer la lueur sourde qui filtrait à travers les rideaux fermés. Puis, il chercha Catherine, l'appelant d'une voix sonore :

— Catherine, où es-tu ? Que fais-tu que je ne te retrouve pas ?

— Ici, Michel, je suis ici.

— Je ne veux pas que tu travailles. C'est l'affaire de la servante.

— Et moi, qu'est-ce que je vais faire ?

Catherine demeurait immobile, les bras ballants. Michel redemanda du café.

Il y eut encore beaucoup de nuits et de jours semblables. La nuit lâchait l'angoisse sur Michel comme une chienne mauvaise qu'on a enchaînée tout le jour. Et les journées de Michel, à moitié sombrées dans le sommeil, s'écoulaient, sourdes et aveugles.

Il y avait pourtant une heure qui est entre le jour et la nuit, au cours de laquelle Michel apparaissait à sa femme sauvé de toute absence et de toute crainte, le visage net et beau, les mains déliées et compatissantes. A ce moment il caressait volontiers Catherine, tout contre sa peau, à la limite du linge. Il demeurait un instant immobile, les traits tirés, ses larges paupières fermées, et elle pensait : « Je lui suis soumise, mais faites, ô mon Dieu, qu'il me prenne sans me faire de mal ! » Mais bientôt toute chaleur se retirait de Michel. Catherine entre ses bras, désertée, devenait pareille à une jeune offrande sur la table de pierre.

Le soir, Catherine demeurait seule dans le noir. Michel se mettait au piano dans un coin éloigné de la pièce, derrière un paravent de paille, jouant en sourdine. Il n'allumait la lampe qu'une fois sa femme endormie. Un peu avant l'aube, il s'en allait dormir dans la cuisine.

Une nuit, Catherine rêva que Michel, sans parvenir à la rejoindre, se mettait en route vers elle, empruntant, l'une après l'autre, des rivières sauvages qui soudain se rejoignaient, s'emmêlant toutes en un fracas extraordinaire.

Eveillée en sursaut, Catherine entendit des accords stridents plaqués au piano, suivis d'un bruit de verre brisé. Elle vit l'ombre de Michel profilée à travers le paravent de paille comme celle d'un inconnu entrevu au passage, derrière le rideau d'une fenêtre étrangère. Elle appela. Nulle voix ne répondit. Il y avait toujours cette ombre immobile penchée. Catherine courut au piano. Elle vit les éclats de verre par terre et sur le clavier.

— Va dormir, Catherine, ce n'est rien, tu vois ; j'ai cassé un verre.

Michel s'efforçait de parler calmement avec une lenteur appliquée. Comme Catherine ne bougeait pas, il fit volte-face et cria :

— Va-t'en, Catherine ! Qu'est-ce donc que ces habitudes de courir pieds nus ! Je t'en prie, retourne dormir. N'ai-je plus droit à aucune solitude, à aucune vie propre, à présent ?

Catherine se recoucha. Une porte claqua, et Michel s'en fut dormir dans la pièce à côté, jeté tout habillé sur le divan.

Au matin, Catherine laissa venir à elle des images du pays noir où le travail flambe sur le ciel, jour et nuit. Elle pensa longuement à cette honte qu'elle partageait avec Michel de pouvoir dormir à loisir sans que jamais le pain vienne à manquer. Et elle regardait ses mains qui devenaient blanches et ses ongles qui s'allongeaient comme des griffes de bête captive.

L'hiver ruissela sur la ville.

Si Catherine se penchait à la fenêtre donnant sur la cour étroite comme un puits, elle gardait un instant sur son visage et ses mains de pâles reflets de nacre et d'huître, ainsi qu'un miroir d'eau.

Michel s'anima soudain, rêvant d'unir la pâleur de Catherine à la beauté de la ville, aussi étroitement que la lumière et l'eau.

— Viens, Catherine, je veux refaire ma palette à tes couleurs, comme il se doit.

Michel se mit à enlever la peinture séchée à grands coups de spatule et refit une palette fraîche telle une grève mouillée : ciel, eau, sable, perle et coquillage. Catherine regarda longuement la palette qu'on lui tendait comme ses propres couleurs.

— A quoi penses-tu, Catherine ?

— A rien, Michel, ta palette est belle, mais je ne suis pas sûre de pouvoir y ressembler tout le temps.

Michel assura Catherine qu'elle n'avait pas fini de ressembler à son image. Il promit de l'accompagner dans les boutiques et de lui acheter toutes les choses belles qui pouvaient posséder quelque affinité avec elle.

Lorsque la pluie défilait à longueur de journée contre les carreaux délavés, Catherine criait parfois très fort à Michel d'une voix rauque qui n'était pas de ce pays calme et mouillé :

— Je veux courir à perdre haleine, pieds nus dans les flaques, avec mes sœurs les plus petites, pieds nus dans les flaques, pieds nus, tu entends, Michel ?

Michel regardait Catherine sévèrement et la priait de ne pas élever la voix.

Catherine possédait déjà plusieurs robes merveil-
leuses, de la lingerie fine, des bijoux étranges et
légers. Michel lui avait aussi donné une chaise à haut
dossier sculpté et un grand lit de bois sombre.

Le jeune homme avait repris son étroit lit de fer
qu'il plaça tout près du piano, derrière le paravent.
Cela lui faisait une petite maison de paille pour la
nuit. Il n'allumait la lampe qu'une fois sa femme
endormie. Si parfois Catherine s'éveillait au milieu
de la nuit, elle apercevait comme en rêve une étrange
paillote transportée dans un coin de sa chambre et
l'ombre d'un homme penché sur la musique qui
souvent venait à manquer sous ses doigts.

Un soir, en mettant Catherine au lit, Michel lui enleva sa longue chemise. Le corps menu lui apparut bien dessiné, à peine gonflé aux seins et aux hanches. Michel avait compté sans la douceur de la peau sous ses doigts, sans la chaleur de cette chair adolescente entre ses bras maladroits. Il balbutia :

— Tu es chaude, Catherine, si chaude et douce...

Il promenait sur elle des mains glacées qui tremblaient. Il rêvait d'exorciser cette chair tendre. Il répétait d'une voix à peine perceptible :

— Ce n'est rien, rien...

Ses mains redevinrent calmes, lissant lentement le corps de Catherine comme s'il se fût agi d'endormir un enfant, d'apaiser un malade.

Lorsque Catherine fut au lit, les draps tirés jusqu'au menton, elle pleura à voix haute. Michel l'entendit qui disait à travers ses larmes : « Je suis liée à un homme qui ne m'aime pas... » C'est alors que le long corps s'est abattu sur elle, lourdement comme un arbre. Michel demandait pardon, et il embrassait Catherine au visage et aux seins.

Vers le matin, Catherine était devenue femme. Michel s'écroula à ses côtés comme un noyé et il répétait : « Tu es le diable, Catherine, tu es le diable. »

Catherine demanda les clefs de la maison dans un petit anneau d'argent ; elle désira régner sur les arrivées de sucre et la consommation du café, sur les toiles que l'on lave, repasse et plie. Elle demanda des balais de couleur et du savon noir.

Michel la pria de ne point sortir pour les courses. Il insista pour que Catherine demeurât tranquille comme une douce chatte blanche en ce monde captif sous la pluie. Il lui ouvrit tous les trésors des coffres et des armoires qui étaient sans clef ni serrure.

Michel défendit à sa femme de s'occuper des comptes et de renvoyer la servante ainsi qu'elle l'en priait. Il devint de plus en plus taciturne, son œil d'or fixe comme un soleil brûlé, et il voua sa femme à un songe parallèle.

Catherine s'enfermait volontiers dans le petit cabinet de toilette qui était tout en glaces. L'eau chaude, les savons parfumés, la baignoire verte comme un creux de feuillage, les crèmes et les parfums la ravissaient sans fin. Elle passait des heures dans l'eau tiède sous des neiges de savon. Elle essayait de retenir sa respiration le plus longtemps possible sous l'eau, pensant aux pêcheurs d'éponges et aux poissons aveugles.

Parfois, lorsque l'éloignement dans lequel Michel la tenait depuis leur nuit de noces lui semblait particulièrement pitoyable, Catherine, au sortir du bain, allait jusqu'à essuyer ses pieds avec sa chevelure outrageusement parfumée, tordue comme un linge.

Il arrivait à la jeune femme d'essayer ses robes, l'une après l'autre, de faire trois fois le tour de la salle de bain, lentement, saluée de-ci de-là dans les glaces par ses propres images graves et droites. Elle imagina une façon rituelle de quitter jupes et jupons, en un tour de main, laissant tomber à ses pieds un rond parfait de tissu précieux. Catherine enfilait ensuite ces grands cerceaux défaits sur son bras, comme des trophées, avant de tout ranger dans ses armoires parfumées.

Mais Catherine s'ennuyait des marchés de légumes, de fleurs et de fruits. La servante partie, il lui arrivait de crier, les mains en porte-voix, mordant dans les mots, selon le rythme et la rude intonation du marchand de fraises qui passait en juin sous ses fenêtres :

— Des fraises, des fraises, des belles fraises !

Catherine faisait le tour de l'appartement en criant comme si elle eût joué de la trompette pour réveiller le monde endormi sous l'hiver et la pluie. Puis elle se jetait sur un fauteuil. La tête enfouie dans les coussins, elle grimaçait d'aise, comme si toute l'odeur et le goût des fraises lui eussent été donnés par de grandes mains sauvages barbouillant sa figure.

Michel disait tristement :

— Catherine, Catherine, quelle petite fille fantasque j'ai épousée là !

Et il baissait les yeux sur les arabesques du tapis, comme un brodeur fatigué qui s'applique à retrouver le dessin obscur d'une fleur rare. Catherine suivait le regard de Michel. Elle cherchait avec lui dans cette forêt enchevêtrée de lignes et de couleurs, comme s'il lui eût été possible de saisir, à force d'attention, les traits mêmes de la peine de Michel, égarée parmi les motifs du tapis. Michel ne relevait pas la tête. Catherine s'épuisait à ce jeu. Il y avait une minute incroyablement vide où les arabesques du tapis éclataient dans les yeux de Catherine.

Elle se dépêcha de crier, tout essoufflée :

— Comme c'est tranquille, ici ! Dis quelque chose, Michel, je t'en prie, parle, fais quelque chose ! Ça y est, le tic-tac de l'horloge va prendre encore toute la place !

— Comme un cœur monstrueux, Catherine, comme le cœur énorme de cette douce place minuscule où je t'ai menée.

Michel n'avait pas bougé, parlant d'une voix lente et égale, comme s'il lisait. Catherine dit tout bas :

— Michel, tu es méchant.

Le jeune homme bondit sur ses pieds.

— C'est toi qui es mauvaise, Catherine, une sale fille, voilà ce que tu es, comme Lia, comme toutes les autres !

Catherine protesta doucement, presque tendrement :

— Michel, mon mari, c'est toi qui es méchant.

Le silence intolérable dura entre eux. Catherine se tint debout devant son mari, les doigts fermés, sans rien de donné dans le regard, ni larme, ni reproche, sans rien qui laisse prise, stricte et droite, mince fille répudiée sur le seuil.

Michel et Catherine habitèrent encore longtemps ces deux seules pièces lambrissées de bois, aux meubles anciens, aux bibelots rares, aux objets usuels incommodes ou abîmés. Entre les deux chambres se glissait un mince couloir sombre et nu qui menait au cabinet de toilette.

La rumeur de la ville, avec ses marchés criards d'odeurs, ses jours humides, ses pavés raboteux, ses grandes places éclatantes, ses paysages d'étain aux environs de l'eau et des ponts, ses voix humaines bien sonores, venait mourir, pareille à une vague, sous les hautes fenêtres closes.

Derrière les rideaux, en cet abri couleur de cigare brûlé, aux moulures travaillées, au parfum de livres et de noix, Michel et Catherine se fuyaient, se croisaient, feignaient de s'ignorer et, situés pour toujours l'un en face de l'autre, en un espace aussi exigu, craignaient de se haïr.

A longueur de journée, sur sa chaise à haut dossier, Catherine lisait, brodait, cousait.

Un jour, il lui arriva de faire exprès de se piquer le doigt et de lancer un long cri aigu de fille poignardée. Michel accourut et s'alarma d'un cri aussi perçant. Il but le sang qui perlait au doigt blessé. Il s'agenouilla, entoura de ses bras les jambes de Catherine, enfouit sa tête dans les plis de sa robe et flaira la baie chaude des genoux. Il parla sans relever la tête, appelant sourdement contre le ventre de Catherine, comme du fond de la terre :

— Catherine, tu es là ? Tu es là, Catherine ?

— Je suis là Michel.

Le dé de Catherine roula sur le parquet avec un bruit interminable.

— Ne m'abandonne pas, Catherine, je t'en prie.

— Je suis ta femme, Michel, tu le sais bien.

— Catherine, c'est affreux, je ne t'aime pas.

— Je le sais bien, Michel, je le sais bien.

La voix de Catherine, tranchée d'avec son cœur, chantait toute seule sa petite chanson légère.

— Ne me laisse pas tout seul, Catherine.

— Je suis tout près de toi, Michel, si près que je t'entends respirer dans mon ventre comme un tout petit enfant que je porterais.

— Je ne puis que te faire du mal, Catherine, et pourtant j'ai envie de toi.

Michel se redressa brusquement, fit deux pas vers la porte et dit d'une voix brève :

— Tiens-toi droite, Catherine. Appuie ta tête au dossier, laisse tes cheveux tomber sur tes épaules. Je ne veux pas que tu pleures, ni que tu ries. Ah ! comme tu sais coudre et broder ! Quelles mains pleines de pouvoir tu as !

Catherine regarda ses mains avec ferveur et respect. Elle supplia :

— Michel, je t'en prie, laisse-moi faire autre chose ! Le marché, les repas... oui, c'est cela ! J'aimerais faire un grand gâteau pour la Fête des Rois !

— Tu mêles tout, Catherine. Qu'est-ce que cette histoire de gâteau ? Je n'ai pas épousé une cuisinière, je pense ? Et l'éclat du fourneau sur tes joues et l'odeur du pain dans tes cheveux ? Je veux te peindre en camaïeu, toute blanche, sans odeur, fade et fraîche comme la neige, tranquille comme l'eau dans un verre.

Mais Michel ne peignait ni Catherine ni autre chose.

C'est vers ce temps que le son du piano qui durait toute la nuit en des gammes sèches et monotones commença d'irriter Catherine jusque dans son sommeil.

Mais, tout le jour, elle s'appliquait à devenir ce que Michel désirait qu'elle fût. Elle apprenait des fables et des poèmes par cœur. Cela lui tenait compagnie durant le silence des longues heures penchées sur la toile et le lin. Et parfois, fables et poèmes, en leur vie possédée, crevaient comme des veines de couleur, au milieu des plus blanches broderies.

D'autres fois, l'aiguille n'en finissait pas de tirer les fils de l'enfance retrouvée qu'elle repiquait aussitôt en petits points vifs et réguliers, de quoi parer l'immobilité du jour.

Le soir, la jeune femme nattait soigneusement ses cheveux avant de se coucher. Au matin, après avoir défait ses tresses, elle s'interrogeait dans la glace au sujet de la ressemblance que Michel désirait qu'elle eût avec un portrait d'infante, une pure fille de roi.

Mais, en guise d'infantes, Catherine retrouvait souvent, claires et vivantes, dans les ténèbres du petit matin, surgissant autour de la lampe et répandant des odeurs de café et de pain grillé, quatre filles sœurs portant des peignes et des cheveux flottants. La plus petite criait dès qu'on approchait pour la peigner. La plus grande avait les cheveux obscurs et gardait sur elle toute l'ombre du père.

La servante a tout rangé et rafraîchi dans la pièce. C'était une fille d'âge, hautaine, avec un œil bleu énorme et sans cils.

L'odeur du sommeil tardif de Michel a été poursuivie et chassée à l'égal de la cendre et de la poussière. On a mis des draps frais, et tout l'air de la ville est entré à pleines fenêtres, comme des paquets d'eau de mer. Michel, de la salle de bain, criait qu'on voulait le faire mourir de froid. Catherine priait alors la servante de fermer les fenêtres. Mais la servante, qui avait servi sous Lia, méprisait Catherine et ne lui obéissait en aucun temps.

Cette fille anguleuse, aux yeux d'insecte, possédait de grandes mains couleur de tabac, apaisantes au désordre de Michel. Quelques gestes vifs et justes lui suffisaient chaque après-midi pour remettre en place tous les objets, meubles et bibelots contrariés en tous sens, pris d'ébriété sur le passage du jeune homme.

La servante poussait ensuite la haute chaise au dossier sculpté contre le mur, disant d'une voix lointaine qui paraissait s'adresser à une divinité absente :

— Si Madame veut se donner la peine de s'asseoir.

Elle tendait alors à Catherine, cérémonieusement, sur une corbeille, des livres, du linge, des bobines et des ciseaux. Catherine prenait place, rangée par la servante, ainsi que toute chose en cette demeure, égarée ou prise par mégarde. Contre la boiserie, incrustée comme un dessin de bas-relief, la jeune femme lisait ou tirait l'aiguille, jusqu'au repas du soir qu'elle prenait en face du silence de Michel, dès après le départ de la servante.

Les repas étaient difficiles à composer et à préparer, car Michel s'irritait contre toute odeur de cuisine.

Lorsqu'après une longue suite de jours et de nuits, Michel leva la tête, son œil de hibou fixa Catherine avec étonnement :

— Catherine, ma petite Catherine, que se passe-t-il, comme tu es belle et poignante ?

— C'est une petite mort, Michel, ce n'est rien qu'une toute petite mort.

Le langage de Catherine surprenait Michel et le ravissait à la fois. Il balbutia :

— Comme tu as appris à bien dire des choses atroces, Catherine.

Catherine, debout près de la fenêtre, le nez contre la vitre, le rideau de mousseline sur son dos, regardait obstinément ce pan de mur gris derrière

lequel le monde emmêlait sa vie véhémente et
tumultueuse.

— Pourquoi ne sortons-nous jamais, Michel ? Et
tous ces concerts que tu m'avais promis...

Michel devint très sombre. Il sembla chercher
quelque chose de cruel et de précis dans les volutes
bleues de sa cigarette. Puis, il articula à voix basse,
mais très nettement :

— C'est bien cela, Catherine, pas un seul
concert... Et la saison s'achève... Plus un seul
concert ; ce n'est rien, Catherine, ce n'est que le
désir qui manque.

Catherine se retourna brusquement. Tout le
rideau moussa sur elle en un vif bouillonnement de
lumière argentée. Michel, ébloui, mit la main sur
ses yeux. Il supplia Catherine de ne point demeurer
là et de tirer le rideau à cause du soleil. Catherine
ne broncha pas, les yeux grands ouverts, nimbée de
lumière de la tête aux pieds.

Dans le grand dénuement où Catherine se trouvait, Michel crut qu'elle n'avait rien de mieux à faire que de céder à la plus haute rêverie qui courait après elle depuis son enfance. Il se mit à raconter :

— Je reprendrai la maison et le jardin pour tout l'été et l'automne. Je chasserai Lia et cet homme qui est avec elle. Nous passerons ensemble le portail, ta main sur mon bras, tous deux en vrais seigneurs et maîtres de ces lieux.

Catherine n'était pas sûre de croire aux paroles de Michel, mais la voix du jeune homme devenait si prenante, s'enchantant à mesure, qu'elle écoutait, les coudes aux genoux, le menton dans ses paumes.

— C'est vrai, Michel, que nous irons là-bas, tous

les deux ? Et je pourrai cueillir toutes les fleurs que je voudrai dans le jardin ?

— Toutes les fleurs vivantes seront mises en notre pouvoir, Catherine, même ces sensibles camomilles qui remuent encore après qu'on les a cueillies.

Le silence de Catherine s'attarda sur le mystère des plantes et de toute chose vulnérable en ce monde. Michel parlait lentement, sans regarder Catherine, les yeux perdus au loin, comme s'il voyait les choses, à l'instant même.

— Le piano résonne là-bas pareil à un orage. Ni la maison, ni le jardin nocturne ne demeurent étrangers au beau chant qui naît à la seule pression de mes doigts sur le clavier...

— Et moi, Michel, qu'est-ce que je fais dans ta maison ?

— Toi, Catherine ? Tu écoutes ma musique et tu l'aimes ; tu la fais chanter plus fort, car ta petite vie est si bien jointe à celle de ma maison et de mon jardin qu'elle presse sur mon cœur et le convoque sans répit...

A ce moment, Catherine se mit à parler avec tout le poids de sa vie passant dans ses paroles.

— Suis-je assez fine, Michel ? Assez blanche et douce ? Ai-je assez pâli et langui dans ces deux chambres de bois ? Ai-je lu les plus beaux poèmes et appris par cœur les fables les plus amères ? Ne suis-je point ta femme et n'ai-je pas droit au respect de la servante ?

— Tu es fine, blanche et douce, Catherine. Tu entreras dans la maison des seigneurs par la porte la plus haute, et la servante s'inclinera devant toi.

La voix de Catherine se déchira :

— Michel, que ferai-je au grand soleil d'été ?

— Il faudra éviter le soleil, Catherine, qui colore et brûle. Je t'apprendrai les fêtes nocturnes de la fièvre et de l'angoisse.

Michel s'animait, s'exaltait, ivre de parler, croyant à l'imminence de sa solitude rompue. Il ordonna à Catherine de revêtir, sur-le-champ, sa plus grande robe de fête couleur de camélia, aux fils d'or à peine posés sur la douceur du tissu comme des buées.

Lorsque Catherine parut, fière, innocente et parée, Michel tint à souligner lui-même le tour des yeux d'un trait noir bien dessiné.

— Comme c'est drôle, Catherine, tu as maintenant l'air d'une idole, avec tes prunelles bleues enchâssées dans le noir comme des pierres précieuses.

Michel abattit le paravent de paille comme on fauche une haie. Il fit asseoir Catherine près du piano et se mit à jouer avec une grande liberté. Catherine demeura assise une partie de la nuit, attentive à la présence de Michel chantant en elle. Le sommeil la gagna peu à peu, blottie frileusement dans le fauteuil, les cheveux défaits, les pieds et les mains enfouis dans les plis de sa jupe somptueuse.

Tout à coup, la fureur d'un accord dissonant fit tressaillir la jeune femme. Elle ouvrit les yeux et vit Michel quitter le piano, s'approcher d'elle, se pencher sur elle. Elle sentit les deux longues mains écarter les cheveux de son visage, les ramener en gerbe au sommet de sa tête, pareils à des feuillages gênants.

Michel la dévisageait, au point le plus aigu de l'attention, et cette attention même donnait à tous ses traits tendus une excessive dureté. Il sentait l'alcool et la sueur. Il tenait la tête de Catherine doucement par les longs fils de ses cheveux. Il lui parlait à la troisième personne, avec reproche et fascination. Il disait :

— Elle est si belle, cette femme, que je voudrais la noyer.

Le lendemain, on frappait à la porte. Catherine ouvrit, et reconnut Lia, tout de suite, malgré l'obscurité de l'escalier.

Il y eut une minute de silence au cours de laquelle l'odeur de l'appartement s'empara de tout l'espace, comme une bête familière qui n'en finit pas de manifester bruyamment sa présence. Lia fit une longue aspiration, puis franchit le seuil.

— J'ai oublié ma clef et je n'ai pas voulu sonner pour ne pas éveiller Michel.

Catherine décontenancée s'effaça pour laisser passer Lia.

La jeune femme portait des talons très hauts qui sonnaient clair et aigu. Elle entra dans la cuisine et demanda une tasse de café. Catherine prépara le

café et le servit à Lia dans une tasse fine qui était
celle de Michel, tandis que le regard perçant de Lia
s'attardait sur chacun de ses gestes. Lia demeura
debout, but son café, puis alluma sa cigarette d'une
façon qui rappelait les grandes manières de Michel.

— Ainsi vous êtes Catherine...

La voix basse, enrouée, était pleine d'étonnement
et de dédain.

— Oui, je suis Catherine, et vous, vous êtes Lia...

— Je suis Lia pour l'éternité comme vous êtes
Catherine pour le temps que vous pourrez ! Est-ce
que cela ne vous semble pas bizarre de ne pouvoir
être autre chose que soi, jusqu'à son dernier souffle,
et même au-delà, dit-on ?

— Si, dit Catherine qui rinçait la tasse à grande
eau, mais je n'y ai jamais pensé.

Elle se retourna et fit face à Lia :

— Et puis, qu'est-ce que cela peut faire que je
sois Catherine, sans jamais pouvoir changer ? Je suis
la femme de Michel et c'est bien ainsi.

Lia lança une bouffée de fumée vers le plafond.

— Vraiment, vous êtes la femme de Michel et
vous y croyez ?

Catherine regarda Lia avec stupeur ; cet œil de
profil, long, très noir et étroit, ce nez de fin rapace,
ce petit derrière haut perché sur de longues jambes

sèches ; toute cette allure noble et bizarre d'oiseau sacré.

Lia dit encore :

— A quelle heure la servante vient-elle ?

Catherine ne répondit pas et voulut sortir de la chambre. Lia, qui venait de s'installer dans le fauteuil, prononça lentement avec une mauvaise douceur qui traînait :

— Mais que faites-vous donc ? Il ne faut pas réveiller Michel, le jour l'irrite et le blesse ; moins il en a, plus il vit. Vous ne l'ignorez sans doute pas ?

Catherine, interdite, s'assit sur le tabouret qui servait pour éplucher les légumes.

Lia parla du mal que la lumière fit à Michel dès sa plus tendre enfance, alors que la servante les emmenait, tous deux, sous de larges chapeaux de paille, cueillir des fraises à même la forte passion de la terre de juillet. Déjà Michel se plaignait, d'une pauvre petite voix d'enfant malade, du chant acide de la cigale et de la brûlure de l'été. Il désirait rester sous l'ombre fraîche de la maison jusqu'au soir.

Catherine reconnaissait, avec une grande tristesse, le charme de la parole de Lia qui était celui même de Michel. Elle dit, à mi-voix, pénétrée à la fois de sa maladresse d'expression et de l'exigence de sa vérité :

— Moi, j'ai toujours aimé le jour et l'été...

— Vous êtes bien pâlotte pour une fille de beau temps. Mais je vois que mon frère vous habille bien...

Le silence dura, tandis que les objets et les meubles de la cuisine devenaient extrêmement présents entre les deux femmes, tout comme si elles se les fussent lancés à la tête, à tour de rôle. L'arrangement de Catherine sautait aux yeux de Lia qui mentalement remettait chaque chose dans son désordre originel. Le regard de Catherine passait derrière celui de Lia et rangeait tout à mesure.

Puis Lia se remit à fumer, sans arriver à détacher les yeux de cette petite fille muette, hissée sur un tabouret, en face d'elle. Lorsque l'heure de l'arrivée de la servante fut à peu près imminente, Catherine n'y tint plus. Elle sauta à terre et dit à Lia :

— Vous n'avez plus de cigarettes, je vais en chercher...

Catherine se dépêcha d'aller prévenir la servante, afin qu'elle ne vînt pas ce jour-là. Elle craignait d'être humiliée en sa maison, devant la servante.

L'étonnement soupçonneux de la servante, dès que Catherine lui eut dit de ne pas venir, les cigarettes au tabac du coin, le sourire de la marchande, tout le grand soleil bleu sur la ville poreuse, puis de nouveau l'escalier noir et les chambres de bois odorant.

Dès le seuil, elle se rendit compte que Lia avait réveillé Michel et lui parlait à voix basse. Catherine commença de laver la salade à grande eau, puis elle se décida à éplucher les carottes et les poireaux.

Le frère et la sœur se disputaient âprement. Des mots, des bribes de phrase éclataient, passaient à travers la porte, stridaient comme des flèches, pour être aussitôt repris, remâchés, chuchotés, en des syllabes confuses, bourdonnantes et plaintives. La même trahison était reprochée de part et d'autre. Lia évoquait le mariage de Michel à l'égal de sa propre faute.

Catherine laissa couler l'eau du robinet sur ses mains comme sur des blessures. Pas un instant elle n'interrompit le petit grignotement de la râpe sur les légumes.

Elle prépara le repas et mit le couvert avec beaucoup de soin.

Michel et Lia firent leur apparition, encore tout brillants de l'éclat de leur dispute, dans la même fureur exaltée, semblables et fraternels, deux longues bêtes de race, efflanquées et suffisantes.

N'y avait-il pas jusqu'à ce caractère singulier tracé par une petite veine en Y sur le front de Michel qui se répétait sur le front de la sœur ? Michel avait déjà dit à Catherine que c'était là le signe des poètes. Et le signe se trouvait sur Lia, comme un minuscule coup de griffe.

Catherine craignait que Michel lui reprochât la chaleur de ses joues allumées par le fourneau. Michel ne vit rien. Il ne remarqua pas l'absence de la servante. Ce fut Lia qui s'en étonna.

Catherine répondit qu'en un appartement aussi exigu, on n'avait que faire d'une personne de plus, et que d'ailleurs elle ne désirait rien tant que de s'occuper elle-même de son ménage. En disant cela, elle épiait le regard de Michel. Mais rien ne bougea en cette petite lueur jaune filtrant sous les larges paupières baissées. Catherine se jura de renvoyer la servante.

L'été s'achevait et il n'était pas question de retrouver la maison des seigneurs.

Michel et Lia n'en parlaient jamais. Catherine s'en étonnait tout bas. Il paraissait y avoir une entente tacite entre le frère et la sœur au sujet des lieux d'enfance condamnés à la solitude de l'été qui roussit les arbres, lâche les ronces et les herbes dans les jardins.

Le repas du soir ramenait Michel, Catherine et Lia autour de la même table servie par Catherine. Le frère et la sœur étaient livrés aux prestiges de la parole, une parole légère, elliptique, dont Catherine se trouvait exclue, mais qui s'inscrivait dans son cœur comme les signes farouches et sacrés du mystère de Michel.

La voix couverte de Lia avait parfois des inflexions

inattendues, prenantes, charnelles, et la voix de
Michel répondait, lisse, pure, usée.

L'été respirait son haleine nocturne, pareille à
un mufle chaud contre les fenêtres closes. Les volets
tirés sur l'appartement, il y régnait une fraîcheur de
cave. Michel et Lia semblaient vouloir instituer
contre les saisons une espèce de temps à eux, immobile, antérieur.

Leurs conversations n'avaient ni commencement
ni fin. Elles reprenaient chaque soir avec fougue,
sans prétexte apparent, pour s'épuiser peu à peu ou,
au contraire, s'interrompre brusquement au milieu
d'une phrase, d'un mot. Le frère et la sœur se dres-
saient alors, l'un en face de l'autre, comme des coqs
batailleurs, ayant atteint sans y faire attention les
approches mal gardées de leurs cœurs furieux.

Lia menaçait de s'en aller. Michel la suppliait de
rester. Elle secouait les épaules, excédée. Michel lui
criait alors de sortir bien vite. La porte claquait, les
talons de Lia dégringolaient dans le silence sonore
de l'escalier sans tapis.

Lia demeura une semaine sans revenir à l'appartement. Michel s'inquiéta beaucoup. Il en voulait à Catherine de l'absence de Lia.

Lia revint, muette et raide, longue fille de terre cuite, au bassin étroit marqué par les os. Il y eut d'interminables soirées, sans parole, dans la fumée des cigarettes et le tintement léger des verres.

Le frère et la sœur s'occupaient à faire de vastes patiences de cartes à même les dessins du tapis. Ce jeu paraissait si grave et triste que Catherine pensa que c'était sans doute ainsi que les rois et les reines en exil passaient leur temps sans royaume. Catherine tirait l'aiguille, lentement, avec de grands soupirs de sommeil. Elle accueillait des bribes de songes où Michel et Lia revenaient sans cesse, en rois et reines

de cartes, se posant mutuellement la couronne sur
la tête, recommençant ce geste sans fin, car c'était
l'éternité.

Pas une fois Michel ne s'étonna des plats nouveaux que Catherine s'ingéniait à lui offrir, se pen-
chant aussitôt vers lui, comme si elle eût surveillé
les effets d'un philtre.

— Ça te plaît, Michel ?

Les mains de Catherine s'affairaient de la table au
fourneau, passant sous le nez de Michel avec une
petite coupure brunissant à la naissance du pouce
droit, là où la paume se gonfle comme une gorge
d'oiseau.

Le silence enfermait Michel. Lia se taisait aussi,
accablée, désertée ; urne de grès poudrée de sable,
depuis longtemps penchée sur la terre et bue par
elle.

Les yeux de Catherine se noircissaient d'attention
à regarder Lia envahie par une espèce de stupeur
triste qui la ternissait, peu à peu, la séchait comme
un vieux coup de soleil.

Catherine trouvait la vie de plus en plus étrange.

Le lendemain, Lia refusa le vin, la viande, le
café et tous les condiments. Catherine lui prépara
un peu de riz, comme on offre aux morts.

Lia venait de rompre avec son amant.

Michel se plaignit aussitôt de la fatigue intolérable que lui apportaient les odeurs fortes de cuisine. Il s'associa au jeûne de Lia et ne voulut plus rien manger de vif et de coloré.

Catherine nota soigneusement les noms des herbes que lui avait appris la servante. Et parfois, le soir, lorsque le temps durait trop, elle les appelait, un par un, comme des compagnies vivantes. Les noms surgissaient tour à tour, se rompant presque aussitôt sur la langue, descellant leur parfum intact : marjolaine, basilic, romarin, laurier, sauge...

— Que chantes-tu là, Catherine, à mi-voix, gravement, comme si tu appelais des esprits ?

Et Lia laissa tomber son livre. Son bel œil étrange, mince trait noir d'encre humide, s'attarda un instant sur Catherine.

— Je ne chante rien, je ne chante rien, je m'ennuie.

Lia retourna à sa lecture. Michel lisait aussi. On aurait dit une salle d'étude austère gardée par le silence. Catherine se mit à penser que par tant de sévérité le frère et la sœur pourraient bien trahir la petite étoile bleue dessinée au milieu de leur front.

Tout se passait comme si le monde eût à devenir insensible, jusqu'au jour où Lia s'arrêta soudain de lire, enfouit son visage dans ses paumes et pleura longtemps entre ses doigts maigres. Michel s'était levé. Il regardait Lia avec stupeur et reproche. Catherine devint très pâle. Comme le chagrin de Lia durait sans aucune espèce de consolation, elle s'approcha de la jeune femme, lui parla comme on parle à un enfant malade :

— Lia, il ne faut pas pleurer, vous êtes si belle, comme une reine d'Egypte...

Catherine leva ses mains doucement jusqu'au visage de Lia. Elle abaissa les doigts crispés et baisa une joue dure, brûlante et salée.

La jeune femme fut prise d'un immense étonnement. Puis elle saisit violemment contre elle le petit visage frais de Catherine lui murmurant à l'oreille « qu'elle avait très grand mal d'amour... »

Catherine était bouleversée par la passion malheureuse de Lia. Il lui semblait que l'air même dans l'ombre de la jeune femme devenait plus vif et fouettait le cœur. Tout l'appartement se mettait à vivre au rythme tumultueux de la peine de Lia, de la colère de Lia, des larmes de Lia, des souvenirs de la chair brûlée de Lia. Et Michel s'effaçait, se décolorait aux yeux de Catherine comme quelqu'un qui n'a jamais aimé.

Elle aurait voulu questionner Lia au sujet du tendre visage de l'amour perdu. Mais elle n'osait pas et se taisait, se contentant de regarder avidement Lia, interrogeant le jeune corps bistre et sec, y cherchant les pistes du feu, le secret de l'être qui s'est donné et qui a été reçu.

Catherine était particulièrement heureuse, paisible, contentée, lorsque Lia, sans sourire, ni parler, déroulait gravement ses longs cheveux noirs et luisants. Catherine apportait les peignes et les épingles. Elle tenait le miroir, sans broncher, tout le temps que durait la longue coiffure. Lia disait :

— Donne-moi à boire, Catherine.

Catherine apportait de l'eau dans un verre embué. Les lèvres de Lia demeuraient sèches comme si elle avait eu la fièvre. Après avoir bu très vite, elle passait lentement le verre sur sa joue, sur son front.

— Ah ! comme c'est doux, comme c'est frais...

Puis elle frissonnait :

— Il fait si froid, Catherine.

Catherine se penchait alors vers le foyer et ranimait le feu. Aussitôt Lia approchait ses mains tout près des flammes, pour se réchauffer, et aussi, disait-elle, pour voir son squelette dans la transparence vermeille de ses doigts.

Catherine se mit à broder du linge au chiffre de Lia. Elle aimait l'odeur de sellerie des bagages de Lia qui étaient bariolés des noms des pays étrangers où elle avait été avec son amant. Lia donna à Catherine deux perles brutes, pour en faire des boucles d'oreilles.

Un soir qu'il pleuvait beaucoup, Catherine pria

Lia de ne pas retourner à son hôtel. Elle lui offrit de passer la nuit sur le sofa gris de la cuisine, lui apportant une couverture de laine et deux draps. Le lendemain matin, Catherine, éveillée tôt, dut demeurer longtemps dans son lit, n'osant bouger de peur de réveiller le frère et la sœur endormis.

Michel se tenait à l'écart. Il suivait d'un œil morne les allées et venues de Catherine et Lia, repassant dans son cœur l'ennui que lui causait une telle amitié entre les deux femmes, il se gardait d'intervenir pour reprendre Lia à Catherine.

Lia demandait parfois à Catherine de lui faire la lecture. Catherine lisait mal, d'une voix monocorde, trébuchant sur les mots difficiles, ou levant les yeux de son livre pour apercevoir, ne fût-ce qu'un instant, cette espèce de mort extatique qui s'emparait parfois du visage de Lia, lissant ses paupières, pinçant ses narines, figeant tous ses traits.

Catherine se demandait quelle puissance souveraine venait ainsi saisir la jeune femme au milieu de si pauvres soirées et, doucement, sous les yeux de Catherine et Michel, la faisait passer de l'autre côté du monde.

Un soir, Catherine appela Lia, comme si elle eût craint de la perdre au fond d'un abîme et de perdre avec elle le secret de cet enchantement profond auquel se trouvait livrée la jeune femme. Lia battit des paupières, la couleur reflua peu à peu sur ses joues. Elle s'étira et, très lasse, demanda à Catherine :

— Petite sotte, pourquoi me déranges-tu ? Je sais très bien que tu lis mal. Je n'ai perdu aucune de tes fautes, sois-en sûre. Mais j'étais si loin et si bien que rien ne pouvait me faire mal.

Lia voulut reprendre le livre des mains de Catherine. Mais Catherine retint Lia par le bras.

— Lia, je vous en supplie, répondez-moi, c'est à *lui* que vous pensez, n'est-ce pas ? C'est *lui* qui vous donne soudain un visage si pâle, comme s'il vous entraînait au bout du monde ?

— Jusqu'aux portes de la mort, Catherine. Et si je te disais cela, tu ne comprendrais pas. Mais je te trouve bien hardie, ce soir ?

Lia semblait grandie de colère. Elle regardait Catherine, et celle-ci, sans baisser les yeux, s'entêtait, répétait d'une voix claire :

— Lia, Lia, même si vous êtes fâchée, répondez-moi. J'ai tant besoin de savoir. Pourquoi avez-vous rompu avec cet homme que vous aimez ?

— Tu oses me poser une pareille question ? Tant pis pour toi. Je crains fort que ma réponse ne te satisfasse en rien ; nous ne sommes pas du même univers, toi et moi. Ecoute bien. Je l'ai quitté, librement, par fierté, pour une offense qu'il m'a faite sans s'en apercevoir et ni son cœur, ni son corps n'y étaient pour rien.

— Je ne comprends pas. Je ne comprends pas, répéta Catherine avec désespoir.

— Souviens-toi du conte de « La princesse et du pois », dit Michel qui s'était approché. Son visage rayonnait. Il s'inclina vers Lia, lui offrit le bras et, lentement, comme pour un tour de danse, conduisit sa sœur près du piano.

Lia se mit à jouer avec une tranquille possession de son art.

Michel était blessé par cette perfection qu'il n'atteindrait jamais et, en même temps, il se trouvait soulagé, comme si Lia l'eût déchargé d'un effort au-dessus de ses forces. Lia jouait à sa place.

Elle commença à peindre aussi, après avoir débarbouillé la palette que Michel avait faite aux couleurs de Catherine. Lia ne se lassait pas de convoquer l'ocre rouge de la terre des seigneurs dévorée par le cœur noir des pins. Mais elle ne terminait jamais ses grandes toiles chaotiques, sanglantes et charbonneuses.

Les toiles de Lia tourmentaient Michel à un tel point qu'il la pria de ne plus peindre. Lia regarda son frère, bien en face, et se dépêcha d'annoncer qu'elle donnerait bientôt un concert. A cette nouvelle, Michel éprouva une amertume si grande, au plus profond de l'être, que son visage même sembla atteint et vieilli sur place.

A mesure que la date du concert approchait, Michel parlait de plus en plus de la fièvre qui tombait sur lui, vers le soir, le glaçait et le brûlait à la fois. Lia répondait piano, salle, acoustique, critiques. Puis elle s'installait au clavier et travaillait jusqu'au matin.

Michel écoutait sa sœur, cherchant les défaillances, les dépistant, les prévoyant, les suscitant, avec une attention à vif, comme s'il eût supplié un dieu destructeur. Jusqu'à la dernière minute, il espéra que Lia ne donnerait pas ce concert. Il escomptait qu'elle ne pourrait franchir ce passage redoutable qui sépare le projet le mieux préparé de sa pleine réalisation au grand jour, là où lui-même butait toujours, comme un cheval qui se cabre.

Le soir du concert, quelques minutes avant son départ, Lia se recueillit, posa les mains bien à plat sur sa jupe. Michel lui reprocha brusquement

d'avoir détruit la palette couleur de grève qu'il avait
faite pour le portrait de Catherine.

Lia se retint de bondir. Elle se retourna lentement, ployant sa volonté en un mouvement sinueux
de son long cou. Elle commandait parfaitement à
son visage qui demeurait impassible et à son cœur
dont elle éprouvait le poids dur et strict, mais ses
mains se mirent à trembler.

— Mon pauvre Michel, ce n'est vraiment pas la
peine de te mettre dans des états pareils ! Ta palette,
tu la referas quand tu pourras et Catherine, tu
l'inventeras à nouveau, aussi blême, douce, transparente et vide que tu voudras ; tu as toute la vie pour
cela. Mais moi, je joue à l'instant même. Et je te
prierai de ne point m'énerver davantage...

Michel s'était approché tout près de Lia. Il respirait bruyamment, la rage semblait surgir de tous
les points de son corps à la fois. Il parlait entre ses
dents, chaque mot broyé comme des noix.

— Tu ne joueras pas à ce concert, dis, Lia ? Je
t'en prie. Vois comme tes mains tremblent... Tu
sais bien que tu ne pourras jamais... Regarde, mais
regarde donc, tes mains tremblent... Tu les sens, dis,
qui tremblent ?... Lia, tes mains tremblent...

Lia se recula, prit son élan et, par deux fois, gifla
Michel de toutes ses forces. Ses longues mains brunes

redevinrent calmes. Doucement, avec beaucoup de soin, elle enfila ses gants de daim et sortit.

Michel baigna d'eau fraîche la brûlure de ses joues, puis alluma une cigarette qu'il écrasa aussitôt.

Catherine saisie par cette scène extraordinaire n'osait bouger, lorsque la voix de Michel retentit tout près d'elle, sèche et rude. Il avait dû l'appeler à plusieurs reprises déjà et s'impatientait.

— Catherine, je te parle, tu m'entends, Catherine, ma femme ?

Catherine n'arrivait pas à répondre ni à faire un mouvement. Elle entendit le bruit des gifles qui sifflait à nouveau, éclatant dans sa tête. Elle poussa un cri et porta les mains à son visage.

Michel était devant elle qui venait de lui rendre les coups reçus. Il l'emmena sur le lit et la posséda avec maladresse et fureur.

Lia ne revint pas le lendemain, ni les jours suivants. Michel feignait de ne pas s'en apercevoir. Tous ses soins, dans le minuscule appartement, consistaient à fuir Catherine : le regard de Catherine, le bruissement de sa robe, le son de ses pas, le bruit du peigne dans ses cheveux, le murmure même de son sommeil. Michel aurait voulu chasser sa honte comme on jette une fille à la rue. Sa honte était sur Catherine et il évitait par mille subterfuges de se trouver dans la même pièce qu'elle.

Michel parcourait les journaux et les revues musicales, cherchant fiévreusement l'article possible au sujet du concert de Lia. Il était parfois question d'une grande fille noire, aux mains cuivrées, et de sa

leçon de piano, bien apprise, bien répétée, proprement, sans bavures, ni don du ciel.

Lorsque Michel fut bien sûr que nulle part il
n'était question de « génie », de « correspondance
sacrée », de « médium inspiré », il ne se tint pas de
joie et chercha à rejoindre Lia.

Elle vint un soir d'hiver. Elle était très lasse.
Lorsqu'elle eut enlevé son manteau, Michel et Catherine virent qu'elle portait encore la robe noire de
son concert, lissée sur son corps aigu, comme un
fourreau sur sa lame.

Ce fut Michel qui joua pour Lia, avec une espèce
de paix légère. Lia croisait ses mains, inclinait sa
tête sur son épaule et paraissait se couvrir de
cendres.

Elle ne porta plus ni bague, ni bracelet, elle sembla oublier sa robe lilas et l'autre couleur de safran,
qui s'ajustait étroitement sur ses hanches comme des
bandelettes aux noirs dessins griffus. Lia ne quitta
plus sa robe de concert qui devint luisante et se
marqua de faux plis. Un dimanche elle ajouta un
petit col de lingerie après avoir demandé à Catherine de le lui repasser.

Lia s'installa définitivement dans l'appartement.
Un peu avant l'aube, elle éteignait sa cigarette,
s'étendait sur le divan de la cuisine et dormait, d'un

sommeil immobile, jusque tard dans l'après-midi.

Après le dîner, Michel jouait pour Lia des pièces lentes et sereines. Lia, pareille à un corbeau calciné, ne semblait rien entendre. Michel parlait avec animation de la pureté de l'enfance retrouvée. Lia s'impatientait, priait Michel de se taire. Si parfois Michel s'adressait à Catherine, ce n'était que pour vanter la maigreur de Lia qu'il comparait au pur tranchant de l'esprit. Un soir, Catherine l'entendit qui disait à Lia :

— Lia, tu es lavée comme l'eau, ma sœur eau, c'est toi, Lia.

Une seule fois encore, le corps amer de Michel couvrit Catherine, s'alluma d'une brève lueur de plaisir, pour ensuite se plaindre, comme une vague mauvaise se retirant, de ce que « l'amour était pourri ».

L'ordre semblait régner. Les parts étaient faites, une fois pour toutes, claires et nettes entre Catherine et Lia ;« Marthe et Marie », pensait Lia. « L'innocente fait le ménage ; son corps humilié ignore l'amour. La honte de Michel est sur elle. Et moi, Lia, je suis l'honneur et la plus haute vie de Michel.

Le monde de l'enfance, de l'infini loisir et de l'angoisse sauvage est à nous deux seuls. »

Mais Lia s'épuisait, scellait sa vie, et ses lèvres s'amincissaient comme celles des très vieilles femmes.

Un jour, il fut question de la visite du notaire. Michel s'en étonna et Lia sembla devenir folle. Elle supplia Catherine de l'aider à chercher ses bijoux égarés çà et là dans l'appartement. Lorsqu'elle les eut trouvés, elle les jeta dans un mouchoir dont elle rabattit les quatre coins. Les bijoux s'entrechoquaient comme des billes.

Catherine se mit à penser avec joie à la visite du notaire. N'était-il pas le premier visiteur qu'elle eût jamais vu depuis son mariage ?

Le notaire ne vint pas. Ce fut Lia qui parla à Michel.

Elle posa les bijoux sur la table d'un geste brusque et dit à Michel qu'elle les lui donnait.

Michel reconnut les bijoux de sa mère. Il retrouva tout le mal que Lia et lui s'étaient déjà fait au sujet de ces bijoux. Sans regarder Lia, il dit à voix basse :

— Qu'est-ce que tu fais donc ?

— Prends-les, Michel. Ils sont à toi.

— Ce n'était vraiment pas la peine de me les disputer si âprement au jour de la mort de notre mère.

Lia eut un mouvement de recul vers la porte. Elle parla sèchement comme si rien de ce qu'elle disait ne pouvait l'atteindre.

— Tu sais, Michel, le livre d'heures enluminé que maman aimait tant et qu'on n'a pas retrouvé après sa mort ? Eh bien, c'est moi qui l'avais caché. Mais je le rends, je te le donne, avec les bagues et le bracelet d'émeraude. Prends tout, Michel, et la croix d'argent qui vient d'Italie...

— Lia, que se passe-t-il donc ? Je ne comprends pas.

Lia leva les bras comme quelqu'un qui jette des choses en hâte avant de fuir.

— Prends tout, Michel, tout, et le piano et les livres rares. Je vais te faire du mal, Michel. Mais tu comprends, quand on a commencé à se faire du mal, un jour ou l'autre on va jusqu'au bout du mal qu'on peut se faire. C'est inévitable, ça arrive, c'est arrivé, c'est atroce et puis c'est fini.

De nouveau elle leva les bras, et elle tremblait, grande furie, crucifiée sur la porte.

— Tu peux tout prendre, Michel, le fusil de mon père, les bottes rouges qu'il me donna le jour de mes dix ans, tous les joncs et les cravaches...

— Lia, que se passe-t-il donc ? Tu es ivre, ce n'est pas possible ? Pourquoi te dépouiller ainsi ? Je n'ai que faire de tes dons. Une seule chose me tient encore à cœur, ce domaine que je possède en commun avec toi comme notre double enfance cruelle et douce.

Lia parla vite, s'appuyant contre la porte.

— C'est fini, Michel, il n'y a plus rien, ni enfance, ni maison, ni jardin, ni parc, on a tout pris, tout pris, jusqu'à l'étang pourri...

Sa haute taille abolie comme un jonc sec qui se casse, Lia promenait sur son visage des mains osseuses qui tremblaient. Michel saisit les mains de Lia avec violence.

— Lia, qu'est-ce que tu dis ? Tu deviens folle ?

Lia se dégagea rageusement.

— Non pas folle, mais lucide, voyante et dure...

— Raconte tout, parle, qu'est-il arrivé ?

Lia cria :

— La maison va être vendue !

La voix de Michel s'amenuisa comme un fil qui va se rompre.

— C'est cet homme qui a fait cela ?

Lia se redressa, parla avec hauteur comme si elle racontait une histoire véhémente qui ne la regardait pas.

— Je lui ai été soumise jusqu'à la dernière honte. Tu m'entends, dis, Michel, soumise comme une chienne battue, et je me suis traînée à ses pieds pour qu'il me garde et me prenne encore une nuit, rien qu'une autre nuit...

Michel se détourna :

— Cet homme immonde, Lia, non, ce n'est pas vrai.

Il y eut un moment étouffant de silence, rompu par la seule respiration de Lia sifflant dans sa poitrine comme celle d'un malade oppressé.

Michel leva les mains vers Lia en un geste vague d'hypnotiseur effrayé.

— Réveille-toi, Lia, tu rêves, ce n'est pas possible. Comment cela peut-il se faire ?

— Tu ne te souviens donc pas des conditions ? Le notaire t'expliquera. Que l'un de nous deux veuille vendre le domaine et c'est suffisant.

— Mais tu ne peux vouloir une chose pareille, toi, Lia ?

Lia eut un grand éclat de rire.

— Moi, Michel, vouloir ou ne pas vouloir ? Tu sais bien que je n'ai plus le choix. Il existe un homme qui me possède jusqu'à la moelle des os. Je ne puis faire que ce qu'il veut. Et ce qu'il désire, il le veut bien, je t'assure. Il n'a eu qu'à poser la main sur moi pour que je lui cède toute, en un seul instant de vertige. Dès notre première rencontre, il convoitait la maison et le jardin. Et dès la première pression de ses doigts se fermant durement sur mon épaule, je lui livrais le domaine.

Lia s'était assise sur le tapis, tout contre l'âtre, les cheveux emmêlés, la tête aux genoux. Michel repoussa de la main les bijoux sur la table. Une bague roula à terre. Lia sanglotait et elle appelait Michel.

— Michel, Michel, je t'en prie, pardonne-moi.

Michel ne bougeait pas, cherchant des paroles méprisantes. Les mots sifflèrent sans force entre ses dents :

— Toi si fière et si grande...

— Je vais tout te dire, Michel, tout. Cet homme est parti. Il m'a abandonnée comme un vieux pain noir qu'on rejette après l'avoir rompu. Il est parti sur un bateau vermoulu. On change de pavillon à chaque départ et on repeint un nom de femme sur

la coque. Un jour, ce bateau s'est appelé « Lia »,
et cet homme était à moi, et moi à lui, tous deux
emmêlés comme deux vignes tordues ensemble en
une seule tresse.

— Tais-toi, Lia, tais-toi, je t'en prie !

— J'ai si froid, Michel !

Michel écarta Lia. Il se pencha vers l'âtre. L'odeur
de la cendre froide s'attachait à son visage mouillé de
larmes. Il fit un mauvais petit feu. Il se releva, posa
la main sur l'épaule de sa sœur qui leva vers lui un
visage abîmé.

— Michel, tu sais, le soir du concert, ton vœu
a été exaucé. Car tu me l'avais bien souhaitée, la peur,
du fond de ton cœur. J'ai été mauvaise à cause de
cette peur en chacun de mes doigts...

— Pardon, Lia, je te demande pardon.

Michel embrassa les cheveux de Lia doucement
comme s'il craignait de les blesser. Lia releva la tête,
défiant Michel, respirant bruyamment telle une bête
prise au piège.

— Et ta petite fille ramenée des hauts fourneaux ?
Tu la laves et la polis sans cesse, comme un galet
d'eau douce. Mais son cœur fade, qu'y peux-tu
faire ? Bientôt tu lui ressembleras à ta petite fille
blême ; tu me diras qu'il fait beau temps et que
l'amour est calme et limpide comme un lac de gel.

— Tais-toi, Lia, il ne faut pas parler de Catherine.

— Et j'en parle, moi, de Catherine ! Il n'est que juste que la maison d'enfance nous soit retirée, ne l'avons-nous pas trahie tous les deux ?

— C'est toi qui as commencé, Lia...

Le feu tirait mal et emplissait la chambre de fumée. Lia ferma les yeux, parlant à voix basse et bourrue, pareille à une conteuse épuisée qui gronderait des enfants en rêve.

— Oh ! comme ce feu tire mal ! La mère est partie depuis cinq mois, déjà. Le père chasse tout le jour, la servante s'est sauvée, et les deux enfants, seuls, blottis au bord du feu de bois, dans la maison abandonnée, font un pacte et se jurent fidélité !

Michel s'était agenouillé aux pieds de Lia :

— Lia, Lia, comme tout est lointain, abîmé, souillé. Qu'allons-nous devenir maintenant ?

— Rien, rien, Michel, nous ne sommes rien, absolument rien, que deux pauvres enfants perdus. Oh ! cette fumée me brûle les yeux. Mon pauvre Michel, nous sommes sans pouvoir aucun, vois, tu ne sais même pas faire du feu.

Catherine entra, vit le frère et la sœur qui pleuraient, appuyés l'un sur l'autre. Elle traversa la pièce, fit du feu, et prépara le café. Ses mains tremblaient. Elle s'appliqua à ne rien laisser tomber, à ne rien renverser, à ne rien briser, comme si le salut de sa vie eût dépendu de la justesse de chacun de ses gestes. Longtemps elle fixa la petite fumée qui s'échappait de la cafetière. Pour la première fois peut-être, elle ressentait une grande colère submergeant toute peine, cherchant éperdument une issue en son être soumis et enfantin.

Cette nuit-là, elle eut un rêve : « La maison des seigneurs était maudite et vouée au feu. La haute demeure flambait sur le ciel et s'écroulait avec fracas. Pendant quelque temps une écharde roussie brûla Catherine au poignet, puis disparut tout à fait lorsque la jeune femme se fut éloignée sur la route. »

Le temps imperceptiblement glissa sur Catherine, Michel et Lia.

Au coin du feu, en cet espace réduit, tour à tour poudré par les cendres et brûlé par les tisons, le frère établit une sorte de campement baroque auquel il convia sa sœur. Des verres, des livres, des cigarettes, des cendriers débordants de mégots s'entassèrent sur le tapis et marquèrent les places de Michel et Lia. Ils ne bougeaient guère, et Catherine, deux fois par jour, leur apportait du poisson blanc et du riz.

L'automne passa puis, au milieu de l'hiver, Catherine devint très malade.

Les premières, ses mains vinrent à manquer, refusant tout contact avec les choses et les gens de cette

maison. La jeune femme n'intervenait plus dans le
fouillis du frère et de la sœur. L'appartement eut
bientôt l'air d'un bazar incohérent. Il n'y avait plus
personne pour faire le marché et ramener les provisions aux chambres de bois. Le frère et la sœur
eurent faim. Lia querella Catherine qui ne bougea
pas.

Il fallut demander à la servante de s'occuper à
nouveau du marché et de la cuisine. Elle le fit en
maugréant et tout de travers, car elle devenait
vieille et ne désirait rien tant que de se reposer,
rêvant de donner libre cours à sa plainte de fille née
en servitude.

Catherine, croisant ses mains désœuvrées, trouva
bientôt que l'odeur de l'appartement devenait intolérable. Elle ouvrit les fenêtres, toutes grandes.
Michel et Lia s'épouvantèrent, car il faisait très
froid. Mais Catherine ne voulait rien entendre. Elle
étouffait comme quelqu'un qui va périr.

Le frère et la sœur se couvrirent de châles et
de couvertures. Lia déclara qu'elle ne pouvait habi-
ter aux quatre vents, sur la place publique. Elle
ferma les fenêtres avec colère. Catherine les rouvrit
aussitôt. Elle se pencha dehors pour saisir au passage n'importe quelle odeur sur terre qui ne fût pas
maudite.

Toute la nuit des émanations âcres tinrent Catherine éveillée ; vieux mégots mal éteints, boiseries sèches, peinture et térébenthine (car Lia s'était remise à peindre), poisson bouilli, bière rance.

Mais, vers le matin, une odeur surtout lui devint particulièrement hostile : le bouquet sauvage des peaux brunes emmitouflées de laine auprès d'un petit feu qui fume et charbonne, montait et s'emparait de tout l'espace.

Catherine se dressa sur son lit et cria « qu'elle était blanche et blonde, que son ventre sentait la neige fraîche et qu'elle n'avait que faire parmi la race étrangère de deux romanichels impuissants, couleur de safran ».

Personne n'entendit le cri de Catherine. C'était un peu avant l'aube. Les respirations modulées du frère et de la sœur se répondaient, d'une chambre à l'autre, par intervalles presque réguliers. Catherine mit ses mains sur ses oreilles. Son cœur battait à se rompre. Ses paumes devenaient sonores, deux fraîches mémoires contre ses tempes, redisant le son plaintif du sommeil de Michel, tandis que la voix rauque de Lia sifflait sa fureur à l'oreille de Catherine.

Catherine ne dormit pas. Cela se passait comme si jamais plus aucun sommeil ne lui serait possible.

La première, la respiration de Lia s'altéra, s'amenuisa, se transforma en soupirs, puis en bâillements. Catherine imagina qu'elle tirait la porte violemment entre elle et le réveil de Lia. Mais aucun geste ne semblait plus possible pour Catherine en cet état d'attention aiguë qui saisissait tout son corps couché. Elle prévenait les sons à mesure. Lorsque le premier pas de Lia glissa sur le parquet, l'oreille de Catherine était déjà comble de ce son léger. On ne savait jamais au juste quand Lia enfilait ses pantoufles. Ses pieds paraissaient sortir du lit tout habillés de feutre.

La sœur de Michel passa dans le petit corridor, ses longs cheveux glissant sur ses reins. Catherine eut envie de barbouiller de suie les miroirs de la salle d'eau, afin qu'aucune image maigre et cuivrée n'y fût reçue, ce matin-là.

Sentant les yeux de Catherine fixés sur elle, Lia se retourna, étonnée :

— Pas encore levée ?

Catherine ne répondit pas, tourna la tête du côté du mur.

Lorsque Lia revint, ses cheveux noués au sommet de sa tête, Catherine ferma les yeux, tandis que sous ses paupières baissées se posait la silhouette exacte de sa belle-sœur, surprise et agacée. Un instant après, Catherine percevait dans le noir chacun des mouvements de Lia : la lingerie enfilée, les bas glissés et attachés, la robe usée passée comme un gant de daim.

Puis, Catherine compta si justement les pas précipités des talons hauts s'approchant, qu'elle ouvrit les yeux, au moment précis où Lia collait son visage à même les pages d'un vieux psautier qu'elle respirait avidement, comme un bouquet d'encre et de cuir. Sous le regard de Catherine, Lia se retourna vivement, pareille à un enfant pris en faute. Elle murmura entre ses dents : « Tu ne dors donc pas ? », sortit de la chambre et fit claquer la porte si brusquement que Michel sursauta en son sommeil, derrière le paravent.

Catherine redouta soudain de se trouver enfermée non loin du corps désarmé de Michel. L'obscurité lui sembla intolérable. Elle se leva pieds nus, et chacun de ses pas lui devenait à charge. « Comme tout me tourmente, ici », pensa-t-elle, tandis que l'odeur de la première cigarette de Lia se glissait sous la porte.

Les deux fenêtres ouvertes, sur la cour et sur la rue, Catherine alla de l'une à l'autre à grands pas, comme un animal traqué qui cherche une issue. Elle tremblait de froid, n'en finissant pas de comparer la cour et la rue, en un jeu de balance mystérieux et grave, comme si toute sa vie eût soudain dépendu d'un équilibre insaisissable.

Sous le courant d'air, les rideaux battirent. Michel se pelotonna dans son lit. D'un geste las, il ramena les couvertures vers ses épaules et découvrit ses pieds fins. Catherine détourna la tête.

Lorsque le pâle jour d'hiver fut tout à fait tombé, Catherine mesura l'angoisse qui croissait en tous ses sens. La jeune femme avait passé ce jour mauvais allongée sur son lit, à souffrir des sons et des odeurs, de tout ce qui se voit, se touche et se goûte. La servante l'appelait « Madame » et trouvait qu'elle avait grand mal. Par deux fois, les vieilles mains sombres refirent le lit et retournèrent l'oreiller.

Catherine se laissa prendre, lever et coucher, ses cheveux glissant sur la chemise blanche ; mince fille, désossée. Un instant, sa tête appuya sur la poitrine vaste de la servante, et Catherine eut envie de retrouver le tendre pays de la mère pour y dormir. Elle pria la servante de veiller à la porte, afin que Michel et Lia n'entrent point. La servante

défendit la chambre de Catherine. Le frère et la
sœur discutèrent avec la servante, car il n'y avait
pas de feu dans l'autre pièce.

« Plus une seule place fraîche sur l'oreiller »,
pensait Catherine.

La servante revint et s'adressa à Catherine avec
grande déférence comme à la maîtresse du feu. Sans
attendre davantage, Lia entra, se rendit résolument
à la cheminée, s'agenouilla et fourragea dans le feu,
à grands coups de pincettes et de tisonnier. Une
bûche roula sur le tapis avec une gerbe d'étincelles.

Le frère et la sœur reprirent leur poste devant le
feu, pareils à deux santons de bois noirci. Michel
rappela ces soirées d'automne silencieuses, lorsque
deux pèlerines d'enfant fumaient, pendues dans
l'immense cuisine au feu puissant.

— Lia, c'est extraordinaire, ne trouves-tu pas ?
Qu'est-ce que le présent, en somme ? Ne sens-tu pas
à l'instant même ce parfum irritant de bure roussie ?
C'est ta pèlerine que tu as brûlée, exprès, dans
l'espoir de retrouver intacte, « en un fumet du
diable », disais-tu, toute l'essence âcre et mouillée
d'une longue journée de chasse aux canards, parmi
la brume et les marécages...

— Drôle de fumet, c'est le tapis que j'ai brûlé.
Nul geste ne venait troubler l'immobilité de

Michel et Lia. Le son de leurs voix passait au jour, calme et monotone, sans vibration, ni aucune espèce d'accent. Ils ne se regardaient pas l'un l'autre, et paraissaient s'adresser au cœur mort du feu.

— Lia, tu te souviens des grands éclairs allumés sur les cuivres rouges, et des murs polis par cette belle patine du temps, sombre comme ta peau mate.

Par deux fois, un petit muscle s'était crispé sur la joue de Lia avec furie ; coup de griffe sans prise sur le lisse de la peau bien tendue sur les os.

— Tu m'agaces ! J'ai d'autres souvenirs très précis en cette grande cuisine de bois calciné, au feu mirifique, aux lourdes, luisantes casseroles de musée. J'évoque d'autres patines, d'autres pigments et je redeviens avide et chaude. Tais-toi, je t'en prie. Ne me parle pas de cette maison maudite.

Michel inclina la tête. Lia enchaîna très vite :

— Et ta femme, qu'est-ce que nous en faisons ?

— Tu veux parler de Catherine ?

Et la voix de Michel s'altéra :

— Elle dort, je crois.

Catherine faisait la morte. Tout le mal du monde se piquait en sa chair, comme si elle eût été envoûtée sur place.

Bientôt, les draps brûlèrent la peau de Catherine, sa chemise pesa comme du plomb, ses mains et ses pieds devinrent gourds par un grand froid qui lui entrait sous les ongles. En cet état sauvage qui occupait tout l'espace de son corps, Catherine scellait ses larmes, comme la dernière mort possible qu'il ne fallait pas lâcher.

Elle ne pouvait plus supporter aucune nourriture. Et lorsqu'elle eut refusé de boire en serrant ses lèvres sèches, la servante dit à Michel d'appeler un médecin. Catherine répondit qu'elle n'était pas malade, mais qu'il y avait vraiment trop de choses en cette demeure qu'elle ne pouvait supporter. Elle exigea que le piano fût fermé, et elle pria la servante de jeter la clef à la rue.

La servante lui obéissait en tout, subjuguée par cette révolte qu'elle découvrait en Catherine, ravie qu'un service aussi rare lui fût permis en sa vieillesse.

Catherine fit arracher des murs les toiles du frère et de la sœur. La servante reçut ordre d'abattre le paravent de paille, de balayer toutes traces de cendres et de feu.

Catherine rejeta loin d'elle draps et chemise, tordit ses cheveux sur sa tête en un chignon dur comme une noix, afin qu'aucune mèche ne traîne en ce lieu de malheur, ferma les yeux, devint muette et appela la surdité comme un baume, tandis que ses narines se pinçaient, refusant toute odeur.

La servante s'inquiéta de la nudité de Catherine, car il faisait grand froid dans la chambre sans feu, aux fenêtres ouvertes. Catherine accepta le manteau de la servante jeté sur elle. Mais bientôt l'odeur de vieille femme pauvre lui devint intolérable. Elle suffoquait, et la servante s'en fut quérir le médecin. Dans son affolement, elle oublia de fermer la porte de la chambre.

Catherine demeura exposée en sa passion sur un lit de parade. Elle sentait sur son visage fermé le rectangle libre de la porte ouverte. Elle savait les enfants des seigneurs là, tout près, à portée de sa main, la regardant avec stupeur. Michel s'approcha du lit en pleurant. Il ramena les couvertures sur Catherine. Il murmura d'une voix à peine intelligible :

— Catherine, est-ce donc que tu vas mourir, que tu as si mal aujourd'hui ? Comme tu es belle, tu n'as jamais été aussi belle, Catherine.

Catherine pensait : « Comme ma mort te charme, Michel », et elle avait envie de la douceur de mourir. Michel parla de faire sur-le-champ le masque de Catherine. La jeune femme, dans sa faiblesse, rêva qu'elle mangeait des pêches mûres, seule, en un immense verger où les arbres ronds faisaient des ombres profondes comme des trous sur l'herbe chaude. Puis, le songe continuant, elle retrouva en elle le ton de l'adoration de Michel qui montait, montait comme une vague pour la submerger. Bientôt c'en serait fait de sa vie. Elle se débattit contre de belles longues mains sans poids effleurant son visage, comme des feuilles sensibles remuées par le vent. Une voix lointaine répétait avec lassitude, convoquant d'obscurs pouvoirs en déroute : « Ne bouge pas, ne bouge pas, sois immobile, là, là, voyez comme elle repose... Ne bouge pas... Ne bouge pas... »

La jeune femme devenait molle, lente, usée, sans

force ; elle allait se fondre, céder à l'envahissement des larmes, lorsque la voix de son délire s'éleva de nouveau, nette et précise, montant du fond de son cœur alerté : « Elle est si belle, cette femme, que je voudrais la noyer. »

Catherine jeta un cri perçant, ouvrit les yeux, aperçut le visage effrayé de Michel penché sur elle. Elle repoussa son mari, en le frappant de ses deux mains, en pleine poitrine.

Le jeune homme recula, affolé par la violence de Catherine. Lia regardait son frère avec dédain.

A ce moment, la servante entra et dit que le médecin était arrivé. Lia s'était parée d'un très beau châle de cachemire que personne ne lui avait jamais vu. Elle parla à son frère à voix basse, presque sans remuer les lèvres :

— C'est la rage qui possède cette petite. Si tu la laisses faire, elle te détruira. Elle a déjà fait fermer le piano et arracher tes toiles sur le mur. Ni son ni couleur qui soient de nous qu'elle puisse supporter. Crains ta petite femelle aux cinq sens frustes et irrités.

Michel n'entendait pas ce que disait Lia, fasciné par la ressemblance douloureuse de Catherine comme par un miroir. Il s'approcha à nouveau, chercha en vain le regard de sa femme. Catherine s'était juré de ne pas ouvrir les yeux, de ne pas répondre à l'appel muet de Michel. Cette complicité avec la mort sur le visage brûlé de Catherine, Michel la réclamait comme son bien et son plaisir. L'amour perdu de Michel lui remontait soudain au cœur. Catherine luttait pour sa vie contre l'étrange amour de cet homme.

TROISIÈME PARTIE

...une toute petite
bague pour le songe.

Jules Supervielle.

La servante ouvrit les rideaux, se pencha dehors, dit qu'il faisait toujours beau temps.

La jeune femme glissa un regard entre ses cils, aperçut ses mains hâlées sur le drap blanc. Elle se replongea dans le noir où, pour la première fois, la couleur poivrée des géraniums vint la visiter, sans qu'elle éprouvât aucune espèce de crainte. Elle appela la servante et lui demanda où en était le soleil.

Anguleuse et vieille, la servante se mouvait à la fois avec lenteur et brusquerie. Elle retourna à la fenêtre, leva la tête, fronça les sourcils et répondit « que c'en serait bientôt fait ; tout le plafond de la terrasse serait allumé et plein de lueurs, comme Madame les aime. »

La jeune femme vint à la fenêtre dans sa chemise bleue transparente qui parait son corps mince d'un reflet de rivière. Elle étira le cou et vit que tout le plafond de tuiles rayonnait, peu à peu, livré à la lumière comme à sa propre couleur saumonée et juteuse. Elle imagina une belle pastèque, et elle eut soif et faim.

Tout en se plaignant du grand vent qu'il faisait, ce matin-là, la servante servit le petit déjeuner. La jeune femme n'écoutait guère ce que disait la servante. Elle pensait aux géraniums dont elle avait envie et en même temps elle appréhendait la violence de leur odeur.

— Crois-tu que le parfum des géraniums puisse me faire mal ?

— C'est Madame qui sait !

Catherine ferma les yeux avec lassitude, évoquant les odeurs qui ravissent et celles qui épouvantent. Elle murmura :

— Ah ! comme tout cela est étrange et que j'ai souffert en tous mes sens !

Ne sachant où loger l'expression de sa sollicitude dans l'espace pierreux de sa face massive, la servante se rapprocha de Catherine. Elle tapota les oreillers.

— Madame n'a besoin de rien ?

— De rien, Aline, de rien, je t'assure.

Et cela lui paraissait infiniment triste de n'avoir plus rien à demander en un jour si beau.

La servante hésita un instant, puis d'un geste vif piqua sur son corsage une épingle qu'elle venait de ramasser. Elle sortit, portant le plateau du petit déjeuner.

Catherine retourna à la fenêtre et s'accouda à la barre d'appui. Elle chercha la mer des yeux. Longtemps, elle se pencha pour regarder la maison voisine, avec son petit balcon suspendu où pointait entre les barreaux d'un noir de fusain la chaleur vermeille des géraniums. Quelqu'un venait d'arroser les fleurs ; leur arôme fumait comme des cassolettes au soleil.

Les deux maisons en encoignure s'appuyaient l'une sur l'autre, étroitement, ainsi que dans une ville populeuse. Et tout alentour s'étendait le vaste espace solitaire planté d'oliviers, s'étageant jusqu'à la mer.

Vers le soir, la mer devint orageuse. Toute lumière quitta ciel et terre, semblant sourdre de la seule colère de l'eau, comme l'embrun.

Catherine fit une longue promenade sur la jetée, fouettée par le vent qui agitait sa pèlerine noire et ses mèches blondes, tordues. Elle s'arrêta un instant à la terrasse d'un café. Les tables étaient poissées de sel, les chaises rouillées. Elle désira très vite reprendre sa place dans le cortège des promeneurs battus par le vent, heureuse, inexplicablement, de ce que tout destin lui parût à la fois, anonyme, simple et pathétique.

Au retour, la lumière était allumée dans la salle. La servante grondeuse attendait la jeune femme. Elle lui reprocha de ramener, dans cette maison bien asséchée et feutrée pour la nuit, des effluves marins forts comme des paquets d'algues.

— Moi qui ai chassé toutes les senteurs avec soin afin que Madame dorme en paix.

— Je dormirai, Aline, sois sans crainte, ne te donne plus tant de mal pour fermer la maison, laisse la fenêtre ouverte, que j'entende mieux les vagues. Je veux aussi revoir ce fauteuil d'osier qu'on a sorti avec la table jaune dans le jardin d'à côté.

La servante tourna le dos à Catherine, parlant à regret, d'un ton rogue, dans un fracas de vaisselle remuée.

— Il y a deux fauteuils, Madame, et deux personnes, une vieille dame et un jeune monsieur. Ils ont bu du thé dans le jardin et mangé des gâteaux. Ils ne paraissaient pas se connaître l'un l'autre.

Catherine souleva le rideau, s'appuya contre la vitre.

— Ils sont rentrés, Madame, à présent.

Et Aline sortit de la chambre emportant le manteau mouillé de Catherine.

Une fenêtre s'illumina au premier étage de la maison voisine. Catherine laissa retomber le rideau. Elle vint s'asseoir près de la table, sous la lampe, attentive, comme si elle eût cherché à toucher le mystère d'autrui dans la nuit.

Souvent, le soir, l'envie d'être bercée prenait Catherine, en son grand lit calme. Elle retenait la servante sous toutes sortes de prétextes : le drap qui pend à gauche, la veilleuse qui flambe comme le jour, le rideau de cretonne qui claque contre la vitre, le verre d'eau qu'on a oublié, le volet qui est mal attaché. Elle aimait suivre les allées et venues de cette grande femme célébrant avec ses mains fortes des offices autour de son lit.

Un instant, la lourde forme rigide passait devant la baie ouverte, dispersant l'ombre des feuilles balancées sur les dalles, puis elle se rapprochait du lit. Catherine se tendait toute vers ce court instant où, sans aucune tendre magie visible, la servante penchait vers elle un visage impassible, un poitrail pailleté d'épingles comme une panoplie, et lui disait bonsoir d'un ton bref.

Chaque soir, Catherine retrouvait ainsi, impalpable et sûre, la foi sévère de la servante la choisissant pour maîtresse.

La première fois, cela s'était passé au moment de la maladie de Catherine, un peu après la visite du médecin.

Michel et Lia discutaient l'ordonnance, engageant Catherine à quitter ces lieux étroits le plus vite possible. Il était question de profonde dépression, de convalescence, de changement d'air, d'espace et de soleil. Les larmes de Michel, sa pâleur livide, ses gestes affolés, tout rappelait à Catherine l'enfant douloureux qu'un jour elle s'était promis de consoler.

— Tu ne vas pas partir, Catherine ? Je t'en supplie. Nous sommes blessés tous deux d'une même blessure. Je ne veux pas que tu me quittes. Et où irais-tu, fragile comme tu l'es ? Regarde, vois, je t'en prie, comme je suis seul et pauvre.

Catherine tremblait. Sa volonté, nouée, tendue vers un exigeant salut, pouvait s'effriter d'un moment à l'autre. La servante se tenait debout près du lit, statue de justice, soupesant en son cœur strict les puissances de l'homme et de la femme s'affrontant sous ses yeux. Elle se retenait de miser pour l'un ou pour l'autre, souhaitant que le poids du plus fort lui devienne sensible, sans rémission.

Catherine parla, la tête tournée du côté du mur. Michel dut se pencher au-dessus du lit, chercher avec son oreille cette réponse quasi souterraine s'échappant de la poitrine oppressée. Elle murmura qu'elle avait grand mal et que le souffle de Michel contre sa joue la brûlait. Michel se releva, portant ses mains devant soi, l'air d'un aveugle tâtant la réalité du monde. Catherine dit alors, d'une voix claire, lente : « qu'elle ne désirait rien tant que de s'en aller très loin d'ici pour ne jamais revenir. »

La servante s'avança et dit « qu'elle accompagnerait « Madame » là où elle voudrait aller. » Lia se retourna brusquement, son châle glissa à terre. La servante feignit de ne pas voir la colère de Lia, ni les larmes de Michel. Elle redressa Catherine dans son lit pour l'aider à se lever.

Lia ne trouva rien à dire à la servante, tant l'étonnait la haute taille que Catherine dépliait soudain, au sortir de ce lit, comme au terme d'une ténébreuse adolescence.

Dans la grande pièce où bougeait l'air marin, parmi les meubles polis couleur de fourmi rouge, la servante a fini sa tournée nocturne.

— Madame n'a plus besoin de moi ?

Elle hésita un instant. Encombrée de tout son poids, elle tourna sur ses talons et quitta la chambre à pas lents.

Catherine éteignit la lampe. Elle attendit quelques instants que tous les objets et meubles de cette chambre qui était sienne lui apparussent à nouveau dans l'ombre. Elle retrouvait avec plaisir la commode luisante à ferrure cuivrée et le petit tapis crémeux bien à plat sur les dalles rouges. Elle appréhendait aussi parfois le retour maladroit de la servante, croyant la jeune femme endormie et s'inquiétant de la savoir exposée à l'air de la nuit.

Le matin était haut depuis longtemps déjà, le plafond de la terrasse s'humectait de clarté. Catherine s'avança jusqu'à la balustrade. Elle ferma les yeux, un instant éblouie de soleil, tandis que la forte haleine des fleurs la saisissait à la gorge. Elle se pencha vers le jardin voisin. Un jeune homme était assis au grand soleil, droit, immobile, têtu, voué à une longue et volontaire cuisson de céramique au four. Il tournait le dos à Catherine.

La servante passa, sans s'arrêter, un panier de linge fraîchement lavé sur le bras. Elle marmotta de sa voix rocailleuse :

— L'air de cet homme est lourd et buté, un vrai paysan.

Catherine suivit la servante dans la cour et l'aida

à étendre le linge. Un instant, Aline eut envie
d'admirer les gestes adroits de la jeune femme, mais
n'en éprouva que du dépit. « Cette fille sait travailler et trahit ses origines », pensait-elle. Et elle
ajouta à voix haute « que tous les maîtres se pour-
rissaient à la longue ».

Elle rentra précipitamment, abandonnant son
panier sur l'herbe.

Vers midi, Aline qui préparait le déjeuner vint
dire à Catherine qu'il y avait quatre personnes qui
mangeaient dans le jardin voisin, sous les oliviers.

— Tu es bien sûre de ce que tu dis, Aline ?

Gênée par la servante, la voix de Catherine tout
à coup se fêlait et sonnait faux. Elle mangea lentement, s'efforçant de cacher à la servante la joie trop
vive que lui donnait la pensée du jardin voisin
soudain habité d'hommes et de femmes inconnus.
Elle s'impatientait par moments, rejetant l'image
flambée d'une tête forte, aux cheveux drus, à la
nuque puissante de cerf stupéfié, qui revenait devant
ses yeux, comme une tache de feu, lorsqu'on a trop
regardé dans le soleil.

Le lendemain matin, la servante comptait cinq

personnes dans le jardin. Catherine reconnut le jeune homme, un peu à l'écart, qui raccommodait un filet de pêche.

Tout le jour, Catherine se promena pieds nus, se réjouissant également du doux et du rude, comme si toute la terre sous ses pieds devenait savoureuse. Elle s'occupa longtemps au jardin, sous l'œil hautain d'Aline :

— Madame patauge pieds nus dans les plates-bandes et elle s'abîme les ongles à sarcler !

Catherine regarda ses mains et ses pieds maculés de terre. « Me voilà noire comme mon père à la fin de sa journée de travail ! » pensait-elle. Et elle pria pour que l'honneur de vivre lui soit ainsi rendu, humblement, petit à petit, par l'animation de tout son corps patient.

Le soir, elle écrivit à sa sœur la plus petite qu'elle n'avait pas revue depuis son mariage avec Michel, lui parlant longuement du soin de la terre et des plantes en ce pays.

Depuis sa sortie des chambres de bois, Catherine s'était laissée colorer doucement par l'été, avec beaucoup de soins et de crainte.

— Madame devient dorée comme le pain, disait Aline.

Et Catherine se tenait droite et haute devant la

servante, ainsi qu'au jour de sa séparation d'avec Michel. Mais l'instant d'après, elle perdait tout pouvoir sur l'âme d'Aline, encourant son mépris à cause d'une longue visite que la jeune femme avait faite à une famille de paysans habitant la montagne.

Elle était revenue, un peu haletante, avec du pain noir et des olives, et se mit à parler d'un petit enfant qu'elle avait pris dans ses bras. Aline se figea de colère, évoquant entre ses dents l'abaissement des pauvres et l'odeur aigre de leurs petits qui s'attache à vous comme la peste.

Catherine répondit avec une sorte de rage joyeuse que cette odeur des pauvres lui rappelait son enfance. Elle ajouta que « les vacances finies, dès son retour à la ville, elle se chercherait du travail ». Elle refusa le dîner préparé par Aline et mangea ses olives et son pain, debout sur le seuil de la maison.

Elle sortit ensuite pour une longue promenade sur la jetée. Près du port, elle croisa le jeune homme qui rentrait avec des pêcheurs. Il regarda Catherine, longuement, avec attention, sans sourire.

La servante désigna à nouveau le jardin voisin.

— Il y a trop de monde là-dedans. Tous les volets sont ouverts à présent. On plante des chaises et des parasols. Madame ne peut éviter tout cela. Il faudra descendre à la mer à champ découvert. C'est une pension, Madame, qui aurait cru cela ?

Catherine descendit vers la mer. Elle n'était pas tranquille comme quelqu'un qu'on suit des yeux.

Des amoureux s'étaient emparés de sa crique préférée. Elle les regarda longuement du haut d'un rocher, ne les trouvant ni beaux, ni bien faits, en leurs accoutrements de plage, s'étonnant que l'amour fût donné si gratuitement. Elle se baigna, se fit sécher au soleil, se baigna encore, demeura tard sur la grève, interrogeant la mer, les rochers, les baigneurs, l'horizon étale.

En rentrant, elle rencontra le jeune homme, comme la veille, du côté du port. Elle évita d'abord le regard fixé sur le sien. Mais la poitrine nue semblait lui barrer la route. Elle leva la tête. Un sourire passa si vite sur le visage de l'homme, peut-être fut-il si grave aussi, ou Catherine tremblait-elle, qu'elle ne vit qu'une sorte d'onde vague brouillant soudain les traits nets ?

La servante attendait Catherine, s'étonna de son retard, parla de la fraîcheur de la nuit qui succède au jour en brusque averse. Elle dit que l'été de ce pays ne se montre jamais tout à fait, tant que le chant de la cigale ne crépite pas à la cime de chaque arbre semblable à un feu de bois.

— Qui t'a raconté ces choses, Aline ? Tu n'es pas de ce pays et tu ne te mêles guère aux gens d'ici ?

Aline dit que rien ne lui échappait et qu'elle éprouvait toutes choses à ses côtés comme des compagnies rapides et menacées. Et, en disant cela, elle regardait Catherine de ses yeux durs, sans ombre. Elle sortit les fleurs pour la nuit comme on mène boire des bêtes silencieuses.

Catherine ramassa dans sa main quelques boules

de mimosas qui avaient roulé à terre. Leur couleur l'étonnait encore. N'avait-elle pas toujours cru que les mimosas étaient bleus ? Et elle pensait avec ennui à la servante, vieille femme usée, au regard prompt comme la grêle. Elle se promit de ne pas mentir, dût-elle céder toute l'expression de sa jeune face à l'impudeur de sa joie.

Les cigales crièrent très haut leur chant de crécelle, le feu de midi s'établit sur toute chose.

Catherine et le jeune homme se retrouvaient maintenant tous les jours sur la plage, sans qu'aucune parole ne fût échangée entre eux. Marqués des mêmes signes : huile, soleil, eau et sel, ils campaient non loin l'un de l'autre, ne perdant rien des allées et venues de chacun, liés dans le vent comme des marins taciturnes.

Catherine aimait regarder le garçon nager au large et lorsqu'il mettait pied sur les galets, elle se prenait à espérer le moment où il passerait près d'elle. Un sourire puéril découvrait les dents fortes, illuminait un instant la figure aux traits courts.

Un matin que Catherine était arrivée à la plage

plus tôt que d'ordinaire, souhaitant éviter le grand soleil, il s'approcha d'elle, salua maladroitement, dit qu'il s'appelait Bruno, parla des vacances qui s'achevaient, de la pêche en haute mer, des excursions dans la montagne.

Catherine était mécontente parce que cet homme l'avait appelée « Madame ». Le son mat de cette voix contrainte l'irritait. Elle regarda avec humeur la physionomie attentive, maintenant tout près d'elle. Un instant, la jeune femme crut que toute complicité entre cet étranger et elle tombait subitement comme une longue rêverie. Elle parla confusément du soleil qui donne mal à la tête et de la hauteur impitoyable du ciel.

— Je m'excuse, Madame, mais je voudrais vous dire adieu. Je pars demain.

Les yeux pâles de Catherine s'agrandirent dans son visage brûlé. Elle regardait avec une sorte de stupeur cet homme qui allait partir. Le désir se réveillait en elle, alerté, menacé, franchissant la quiétude du songe. Elle balbutia :

— Il ne faut jamais dire adieu, Monsieur, cela porte malheur... Nous nous reverrons sans doute, puisque vous ne partez que demain.

Elle tendit sa main au jeune homme qui la serra brusquement. Il s'en fut à grandes enjambées du

côté de la ville. Un moment encore Catherine
éprouva à même sa paume un tout petit cal que le
garçon avait au quatrième doigt de la main droite.
Puis, levant les yeux vers la jetée, elle reconnut la
servante qui s'éloignait.

L'après-midi, Catherine n'alla pas à la plage. Elle installa la chaise longue de toile sous les oliviers, du côté opposé à la villa voisine. Elle allongea les jambes, ferma les yeux, feignant le calme, tandis que son cœur battait à se rompre dans sa poitrine, dans son cou, à la racine de ses poignets. Elle craignait le regard d'Aline, et en même temps, elle aurait voulu trouver refuge auprès de cette vieille femme qui avait été la servante de Michel.

— Quelle jolie robe ! Madame attend une visite ?

La servante s'était approchée, sans bruit, parlant à bouche fermée, tenant entre ses dents une longue aiguillée. Catherine dit avec effort :

— Tu veux que j'enfile ton aiguille, Aline ?

La servante répondit qu'elle n'avait besoin de

personne. Elle tâtonna longtemps avant de trouver le chas avec son fil. « Mes mains ne sont plus sûres », pensait-elle.

Catherine se répéta que c'était sans doute bien ainsi, rien ne pouvait lui arriver, ni bonheur, ni peine, si elle restait immobile sous les arbres, gardée par la servante. Tout à coup, un bruit crissant de linge que l'on déchire la fit tressaillir et grimacer.

— Mon Dieu, Aline, qu'est-ce que tu fais donc ?

— Ce drap n'est bon qu'à déchirer ! Quelle pauvre misère que ce linge de louage, tout de même ! Moi qui ai connu la toile et le lin tissés d'une seule venue, brodés au chiffre.

Catherine s'était levée.

— Tais-toi, Aline, tu me fais grincer des dents avec ton affreux linge déchiré !

— Quelle pauvre petite figure crispée pour un bruit de toile fendue. Madame est bien nerveuse, aujourd'hui.

Catherine s'approcha d'Aline, articula lentement d'une voix qui s'affermissait à mesure :

— Quelle vieille sorcière tu fais, Aline. Mais tout cela ne servira de rien. Je me séparerai de toi quand je le voudrai comme j'ai quitté mon mari...

Puis elle leva la tête en hâte vers les oliviers.

— Le chant des cigales !

Elle criait cela comme on annonce des sauterelles ou un orage.

La servante mit ses mains sur ses oreilles, dit que : « C'était là un chant maudit », laissa son drap sur l'herbe et se mit à marcher avec peine dans l'allée, vieille chèvre butée menant son âge sous la sécheresse du jour.

Catherine demeura tard au jardin, n'osant bouger, retenant son souffle, comme quelqu'un qui s'impose une épreuve vaine.

Au dîner, Catherine mangea à peine, très vite, sous l'œil perçant d'Aline. Puis elle grimpa l'escalier, s'habilla et se coiffa avec grand soin.

Ses cheveux tirés aux tempes, relevés sur la nuque, l'éclat de sa peau réveillant le sourd reflet violet de sa robe bleue, Catherine regarda cette image de femme dressée en face d'elle, dans la glace. Elle se souvint de la petite fille inculte qu'elle était lorsque Michel l'avait prise et mise à mûrir en des chambres fermées.

— Madame va se promener ?

Aline était montée sans bruit. Catherine se retourna, fit volte-face. La servante recula d'un pas, détourna la tête, murmurant avec peine, presque avec effroi :

— Madame est trop belle.

— Regarde-moi en face, Aline, je te prie, et répète un peu...

— Madame est trop belle, ça ne pourra durer...

— Touche-moi, Aline, je suis vivante et ça durera le temps que Dieu voudra !

Elle prit dans ses mains les vieilles mains noueuses qui tremblaient, les posant sur ses joues, sur son front, sur ses paupières. Les mains dures s'attardèrent sur le front de Catherinè qui, l'espace d'une seconde, fut ceinte d'une étroite couronne de fer.

La jeune femme parla en phrases rapides comme des pierres qu'on jette en hâte.

— Ne t'inquiète pas, Aline. Je vais du côté de la mer. Ce n'est rien, qu'une promenade sur la jetée. Il ne faudra pas m'attendre, ce sóir. Il vaudra mieux que tu te reposes.

Elle leva la main pour un geste d'amitié qui se glaça aussitôt. La servante la regardait fixement, déserte, sans reproche, ni colère, ni pardon, sans rien qui ressemblât à de la vie, refaite en sa solitude, la face morte, collée à ses os.

Catherine sortit sans fermer la porte.

La présence de la servante accompagna Catherine un moment, se mêlant en route au parfum des
jardins mouillés. Bientôt ce fut la promenade du
bord de mer avec tous ses flâneurs. La jeune femme
s'appuya au parapet. Bruno vint près d'elle.

— Cela vous ennuie que je sois avec vous ?

Catherine répondit « non » et elle ajouta qu'elle
aimerait bien se promener un peu.

Ils marchèrent longtemps, côte à côte, se perdant
parfois dans la foule, se retrouvant comme des dan-
seurs qui reprennent une figure. Ils ne s'arrêtaient
nulle part. Les cafés, les dancings, les music-halls à
ciel ouvert passaient dans un rêve bruyant et coloré.

Les promeneurs se firent de plus en plus rares.

Bruno et Catherine entrèrent dans la vieille ville.
Le long des rues étroites et voûtées, des odeurs, des
voix surgissaient parfois au passage, d'un ruisseau,
d'une fenêtre où séchait le linge. Catherine eut peur
d'un petit âne blanc qui, au détour d'une ruelle,
venait sur elle, claquant des sabots, ployant à chaque
marche ses genoux fins, bâté de légumes, de fruits et
de fleurs comme un gros bouquet embroussaillé.

Les lumières s'éteignirent une à une. Les jeunes
gens risquaient à chaque pas de buter sur une
marche ou un dalot. Des chiens aboyaient de-ci
de-là. Le garçon marchait devant. Catherine suivait sur ses talons, tant bien que mal. Tous leurs
soins dans la nuit consistaient à éviter de se frôler,
comme deux somnambules que le moindre choc
peut précipiter dans le vide.

Ils arrivèrent à un café où brillait de la lumière.
La porte était fermée. On leur ouvrit et on leur
offrit du pain, du fromage, du vin et deux petites
pêches rapeuses. Bruno mordait le pain à belles
dents, avalait le vin à grandes lampées, en fermant
à demi les yeux. Catherine fit de même, creusée par
la faim et la soif. Quelqu'un dit qu'il était deux
heures. Catherine entendit vaguement le patron qui
offrait une chambre à Bruno pour la nuit. Le jeune
homme demanda si l'on se trouvait encore loin du

bord de mer. On leur indiqua le chemin et l'on vint les reconduire avec la lampe jusqu'au seuil.

« Je suis fatiguée », dit Catherine, s'allongeant sur les galets frais, presque mouillés. Il s'étendit près d'elle. Le chant heurté de la mer passait par-dessus leurs deux corps couchés, les laissant à découvert après chaque vague, vulnérables et las.

Ils attendirent le jour. Bruno demanda à Catherine si elle aimait son mari. Elle fit signe que « non », fascinée par cette pâleur, ces lèvres sèches, tout ce beau ravage de la soif envahissant un visage d'homme penché sur elle. Bruno dit encore d'un ton bref « qu'il était libre, qu'il aimait Catherine et qu'il la désirait pour femme ».

Catherine détourna la tête, dit d'une voix à peine perceptible « qu'on lui demandait plus qu'elle ne pouvait donner ». Une sorte de rage montait en elle, submergeant toute douceur : « Cela aurait pu être si simple entre nous. Pourquoi faut-il que cet homme parle d'amour et de mariage ? Quelle exigence. Tout ou rien. Tant pis. C'est lui qui l'aura voulu. »

La voix obstinée du garçon continuait, ajoutant « qu'il n'avait pas eu tant de choses sûres dans sa vie, mais qu'il savait reconnaître la vérité ». Et sa main toucha doucement le visage de Catherine comme s'il se fût agi de la chose la plus étonnante du monde.

Elle se dégagea avec brusquerie. « Pourvu que je ne tremble pas », se répétait-elle intérieurement, tandis qu'elle assurait Bruno qu'il était temps de rentrer et qu'elle n'avait que faire de s'attacher à personne.

Ils marchèrent jusqu'aux oliviers. Catherine bouscula les adieux, évita les mains de Bruno, son regard, jusqu'au son de sa voix rauque.

Catherine monta à sa chambre, d'un seul trait, abondonnant son châle sur les marches de l'escalier, là où il avait glissé. Elle tenta de passer sur la pointe des pieds devant la porte de la servante, bien décidée à ne rien voir, à ne rien entendre hors du tumulte de sa propre vie. « Je n'avais que le temps d'être heureuse », pensait-elle.

La servante appelait Catherine d'une grosse voix plaintive d'animal furieux et blessé. Catherine entra dans la chambre. Aline, à demi renversée dans un fauteuil, haletait, essayant de déchirer son col de lingerie, d'un geste exaspéré de sa main droite. La jeune femme ouvrit largement le corsage noir.

— Mon Dieu, Aline, qu'as-tu ?

La servante se plaignit d'avoir mal au bras et de

manquer d'air. Catherine ouvrit la fenêtre. Elle répétait : « Il faut te coucher, Aline, il faut te coucher, tout de suite. Je vais t'aider et puis j'irai chercher un médecin. »

En vain, elle tenta de glisser un oreiller sous la tête d'Aline qui était lourde et dure. Elle pensait avec désespoir au secours qu'il fallait donner sur-le-champ à cette vieille femme qui allait peut-être mourir. Elle cria :

— Attends-moi, Aline, attends-moi, je t'en prie, je reviens tout de suite !

Catherine dégringola l'escalier, traversa la maison, allumant toutes les lumières sur son passage, quoiqu'il fît déjà grand jour. Une fois au jardin, elle ramassa une poignée de graviers, chercha la fenêtre de Bruno et lança ses cailloux comme une volée de grêlons.

Catherine et Bruno veillèrent la servante pendant deux jours et deux nuits.

Aline repoussait parfois la main de Catherine avec colère. Mais l'instant d'après, les yeux clos comme ceux d'une morte, geignant tout bas, elle se laissait soulever par Bruno, tandis que Catherine changeait les oreillers. Catherine s'étonnait de la sûreté et de la pitié des gestes de Bruno. Elle lui était reconnaissante d'avoir retardé son départ.

Ils se tenaient tous deux au chevet de la servante des heures entières, sans parler, attentifs à la vieille respiration qui s'épuisait et se cabrait, tour à tour, en sa lutte contre la mort envahissante. La nuit, les jeunes gens se relayaient, chacun prenant son quart de sommeil à même la chaleur laissée par l'autre dans le lit de Catherine.

Lorsque le médecin eût dit à la servante que son cœur allait très mal, elle lui répondit qu'il en avait toujours été ainsi, que personne n'en avait jamais rien su et que cela ne regardait qu'elle. Elle parlait de son cœur de chair qui étouffait au grand jour comme de la somme de sa vie qu'elle avait toujours tenue farouchement cachée. Elle en parlait maintenant avec cette terrible liberté des mourants :

— Mon cœur a eu bien du mal, c'est tout ce que je puis dire, disait-elle, puis elle se plaignait comme en rêve de ce que tous les maîtres l'eussent trompée par manque de grandeur. Le premier seigneur m'a prise à treize ans. Il m'a mise à travailler tout le jour sous sa femme qui me hait. Toutes les nuits, il m'éveille et me prend. La maison est profonde comme un coffre ; nul ne sait ce qui s'y passe.

Michel et Lia, petits, petits, mes pauvres agneaux, dormez en paix. Votre père est tout-puissant, votre mère est belle, petits, petits, petits...

Catherine tentait d'apaiser la servante qui la chassait avec fureur : « Cette dernière grande dame en qui j'ai cru, Catherine, Catherine, est fausse comme le reste, c'est une garce, pareille à Lia et à Madame sa mère, Messeigneurs, une vraie petite garce, et fille d'ouvrier, sachez-le. »

Catherine pleura, la tête dans ses mains.

Lorsque la servante dormait, par moments elle s'apaisait comme si elle allait périr, puis elle s'éveillait en appelant doucement cette petite fille qu'elle avait eue et qu'on lui avait enlevée : « Marie, Marie », disait-elle.

Catherine ou Bruno pouvaient alors lui donner à boire et baigner son visage ruisselant de sueur, elle se laissait faire en pleurant. Puis, elle refusait avec violence d'aller en Pararadis servir Dieu, la Vierge et les saints : « J'ai fini mon service, déliez-moi, je vous en prie, déliez-moi... »

Elle appela à nouveau : « Marie, Marie ! » Catherine s'approcha, baisa une joue déjà lisse comme celle des morts. La femme regarda Catherine, murmura encore « Marie », son visage s'illumina un instant comme si on lui eût rendu sa fille, et elle mourut.

On coupa toutes les fleurs des deux jardins pour les offrir à la servante. Des femmes pâles et bistrées, toutes en noir, qui étaient du pays, vinrent prier auprès du corps d'Aline. Elles suivirent en mantille le cortège, sous le soleil, derrière Catherine et Bruno, jusqu'à l'église, puis au cimetière.

La vieille ville portait ainsi ses morts, sous le feu, à travers le dédale des rues étroites et montantes, au-delà des murs, au sommet de la montagne. Et les morts plantés à la pointe de la terre, contre le cœur vif du soleil, debout comme des lances, en cet espace étroit et rocailleux évoquant la pierre d'autel, conjuraient la foudre du ciel en faveur des vivants.

Catherine profita de l'absence de Bruno pour ranger la chambre de la servante. Parmi les tabliers empesés, les robes et le linge usé, elle trouva quelques lettres dont elle fit une liasse afin de les brûler. Deux photos glissèrent sur le carrelage. Catherine se pencha pour les ramasser. Sur l'une des photos elle distingua la silhouette massive de la maison des seigneurs.

Au premier plan, se tenait un homme jeune aux traits fins, en costume de chasse. Catherine examina ce visage qui aurait pu être celui de Michel, réduit à la dureté essentielle, sans la douceur équivoque des larmes. « Son père, pensa-t-elle, comme il lui ressemble ! » Sur l'autre photo on reconnaissait Aline à ses yeux exorbités ; petite fille joufflue en uniforme de bonne, aux deux courtes nattes s'échappant comme des cornes de son bonnet tuyauté.

Catherine, penchée sur la photo, s'efforça un instant d'apercevoir l'intérieur du vestibule, derrière la petite servante posée contre la porte ouverte : « Tout est noir », songea-t-elle, évoquant le pays d'enfance de Michel et Lia d'où elle s'était échappée comme une taupe aveugle creusant sa galerie vers la lumière.

La jeune femme fut tirée de sa rêverie par la voix de Bruno qui l'appelait du jardin. Elle ne répondit pas tout de suite, laissa la voix s'étonner et répéter : « Catherine, où êtes-vous ? » Ne fallait-il pas que cet homme fruste qui avait partagé avec elle ces derniers temps de maladie et de deuil apprenne, du silence même de Catherine, cette part secrète en elle où passait parfois l'ombre dévastée des chambres de bois ?

Elle fit un paquet des affaires de la servante, mais ne sut qu'en faire, et demeura debout, un gros ballot à la main, vague et perdue comme dans une gare.

— Catherine, où êtes-vous ?

La voix se perdait sous les arbres. Elle s'approcha de la fenêtre et appela le jeune homme. Il monta, déchargea Catherine du paquet qu'il déposa sur une chaise. Elle éclata en sanglots. Il la tira doucement par la main.

— Venez, Catherine, venez. Il ne faut pas rester ici dans cette chambre de morte.

Il l'emmena sous les oliviers, la fit asseoir sur l'herbe et s'assit près d'elle.

— Qu'allez-vous faire maintenant, Catherine ?

Catherine se taisait, pensant qu'il fallait écrire à Michel et lui parler de la mort de la servante. Elle s'imaginait Michel en son dénuement, un instant ranimé par la grandeur de la nouvelle, flairant l'amère poésie de la mort comme une proie, puis se retirant tout de suite, éprouvant sa propre invisible douleur réveillée.

Bruno crut que Catherine pensait à la servante. Il murmura :

— Catherine, vous n'avez rien à faire auprès de celle qui est morte, laissez les morts s'occuper des morts...

Catherine interdite regarda la face sauve de cet innocent à côté d'elle, parlant si légèrement de l'impitoyable vérité : « Bruno ! » appela-t-elle comme du fond d'un cauchemar. Le jeune homme prit la tête de Catherine dans ses mains, la regardant avec une sorte d'avidité triste. Catherine dit qu'elle n'était pas courageuse, que son cœur n'avait jamais rien décidé par lui-même, que la vie lui avait été donnée par surcroît, qu'elle avait constamment besoin de sentir la terre exister auprès d'elle et par elle. Et en disant cela ses doigts effleuraient les mains de Bruno, son épaule, sa joue, en de petits gestes craintifs. Elle dit encore que Michel était malheureux, qu'il aimait sa sœur Lia et que jamais elle ne retournerait chez eux. Elle parla aussi du travail qu'il lui faudrait chercher dès son retour.

— C'est à vous de décider, Catherine ; moi, j'aimerais bien que tu sois ma femme...

Il s'embrouillait, quittant le « vous » pour le « tu ». Catherine détesta cet air confus, désira altérer cette face patiente, conférer au front bas sa ressemblance de taureau blessé. Elle attira de ses deux mains la tête de l'homme contre elle.

Ils résolurent tous deux de demeurer ensemble jusqu'au départ du jeune homme, le lendemain.

Il parla longuement de son travail. Catherine retint du métier de Bruno qu'à la force du poignet il faisait monter et descendre le niveau des eaux. Elle en fut contente.

Le garçon fit brûler du thym dans la chambre de la servante. Il emmena Catherine faire le marché. Au retour, il établit la jeune femme au milieu de la salle, toutes les provisions à portée de sa main, s'inquiétant que rien ne manquât. Il lui offrit encore de petits citrons amers, des oursins violets, des baies sauvages.

Catherine parla des fraises du nord qui ravissent comme pas un fruit de ce pays grillé. « Rien ne me lie plus à Michel, pensait-elle, et si je commets l'injustice c'est envers cet homme-ci. Comment répondre à sa générosité avec ma seule joie d'être avec lui, parmi les choses vivantes ? »

Les jeunes gens quittèrent la maison de pierre à la fraîcheur de laiterie. Ils refirent les gestes usuels de l'été, voisinant sur les galets, parmi le peuple barbare des grèves. Ils nagèrent ensemble. Bruno lécha le sel à la cheville de Catherine. Puis de nouveau le silence, le passage lent de la lumière déclinant sur les corps bruns couchés.

Elle se coiffa à genoux sur ses talons, Bruno lui faisant face et tenant la glace. Puis elle remit sa jupe en l'enfilant par les pieds avec des manières d'enfant brusque.

Le dîner cuisait, plein d'odeurs. Catherine monta à sa chambre, changea les draps et mit des fleurs sur la commode. Elle revint dans la salle.

« Comme tout est grave soudain », songeait-elle, disposant le pain, le sel et le vin sur la table, tandis que Bruno debout sur le seuil, la tête levée, semblait n'être plus sensible qu'à cette seule voix à peine perceptible d'un rossignol perdu dans la montagne.

La chambre donnait sur la mer. La large porte-
fenêtre battait sous le vent. Cela sentait l'encaustique
et le linge. Catherine demeura à la fenêtre, droite
et coiffée. Bruno vint près d'elle et la tira par les
deux mains, doucement, dans la chambre. Il la porta
sur le lit comme on porte un enfant qui va mourir.

Il la chercha des mains et des lèvres, par-dessus
les vêtements et la coiffure haute. Elle parla du
vent et de la mer, et se coucha sur le côté, ses
cheveux écroulés en une seule gerbe. L'homme aima
le corps léger, dépistant la joie avec soin sous les
espaces dorés par le soleil et les tendres places de
neige ou de mousse à l'odeur secrète.

L'aube violette glissait le long des troncs noirs et des feuillages gris. Le champ d'oliviers bougeait au gré du vent sur ses sombres piliers travaillés. L'herbe demeurait nocturne sous la rosée. Catherine et Bruno sortirent lentement, serrés l'un contre l'autre. Ils allaient se quitter ce matin-là, sous les arbres, tandis que des coqs chantaient à intervalles presque réguliers.

Nulle parole ne bougeait sur leurs lèvres sèches, nul dessein précis n'éclairait leurs fronts désertés. Ils se dénouèrent lâchement. Un instant, ils se tinrent à distance, tête basse, sous les oliviers, semblables à des moines solitaires qui se saluent. Toute parole leur était retirée. Catherine songeait que cet homme attendait un signe d'elle qui eût pu changer leur vie à tous deux, mais son cœur était noué dans sa poitrine. Une voix répétait en elle : « C'est à vous de décider, Catherine. »

Soudain un grand chant de coqs éclata comme une sonnerie de cuivre, et il sembla à Catherine et à Bruno qu'ils étaient traversés par le cri même du monde à sa naissance.

Le chant reprit plus près d'eux à une seule voix,

aiguë, si proche qu'elle parut vouloir se percher à leur épaule. « Je tremble ! » pensait Catherine, et cela se passait comme si le cœur de la terre l'eût sommée de se rendre.

Elle s'avança vers Bruno, le toucha à l'épaule, lui dit tout bas contre sa poitrine « qu'elle voulait bien devenir sa femme ».

La jeune femme portait un manteau de voyage, des gants fins, un chapeau qui faisait de l'ombre sur ses yeux. Elle gravit les étages. L'odeur des chambres de bois la saisit dès le seuil. Elle sonna comme une étrangère. On mit du temps à venir. Le silence était dans le chêne de la porte comme un insecte perdu. Les cuivres s'étaient ternis, déjà verts et bleus sur la poignée et le bouton de la sonnette. Un sursaut se fit soudain à l'intérieur, un bruit précipité de talons hauts se dirigea vers la porte. Puis de nouveau le silence. La jeune femme crut qu'une bête hargneuse la flairait à travers la porte. Elle dit :

— C'est moi Catherine...

Il y eut une exclamation sourde, puis une main mal assurée tira le verrou, ouvrit la porte. Lia s'appuyait au chambranle, pareille à quelqu'un qui craint de tomber. Elle regardait Catherine sans la voir, répétant de sa voix couverte :

— Catherine, Catherine, vraiment ce n'est pas possible...

— Je puis entrer, je voudrais voir Michel ?

Lia s'écarta lentement pour laisser passer Catherine. Elle dut s'y prendre à deux fois avant de fermer la porte.

Tout de suite, Catherine vit des choses tombées, des choses perdues, des choses salies, des choses sans maître. Et soudain, comme parfois on isole un motif dans un dessin abstrait et compliqué, elle reconnut, à travers le fouillis de la pièce, leur ordre à eux, cette sorte de campement établi sur le tapis, au coin du feu, ce cercle de verres sales et de cendriers débordants de mégots entourant un livre ouvert.

— Nous lisions, dit Michel pour s'excuser.

— Ce n'est vraiment pas la peine ! dit Lia.

Elle ferma le livre d'un coup de pied et sortit de la chambre, tentant de renouer ses cheveux qui tombaient en grosses mèches, tandis que des épingles glissaient sur le plancher.

Catherine et Michel demeurèrent seuls. Cathe-

rine s'approcha et saisit le poignet de Michel comme
on retient un enfant nomade.

— Ecoute-moi, Michel, je t'en prie.

Michel ne regardait ni n'entendait Catherine. Il
dit en une sorte d'extase triste :

— Nous lisions, c'est la première fois depuis
le retour de Lia...

Catherine lui apprit que la servante était morte.
Elle lui dit qu'elle aimait un autre homme et qu'elle
désirait toute sa liberté. Michel écoutait Catherine
distraitement, ainsi qu'une conteuse qui radote
durant les longues veillées. Puis il se mit à parler
de la dernière fugue de Lia.

A ce moment, Lia revint dans la pièce, ses cheveux
mouillés lui collant aux épaules, son corps efflanqué d'amoureuse châtiée saillant sous le peignoir
ajusté. Elle dit : « Je vais me coucher » et fit claquer la porte derrière elle. Michel parla à voix basse
et effrayée :

— Elle est rentrée depuis ce matin, couleur de
cendres, rageuse, pillée, affamée, blessée à l'épaule.
La voici qui dort. Elle en a pour des jours et des
nuits, jetée sans couverture, sans rêve apparent,
comme une morte sèche en travers du lit.

— Parle-moi de toi, Michel.

— De moi, Catherine ? Ce n'est pas la peine, je

t'assure. J'ai vécu des jours atroces d'attente et de honte. Mais je sais qu'elle revient toujours, c'est plus fort qu'elle. Nous jeûnons et nous prions ensemble. Un jour, je le crois, elle redeviendra pure comme ses os. Nous referons le pacte d'enfance et nul n'aura accès jusqu'à nous.

Michel avait élevé le ton. Il regardait Catherine sans la voir, semblant défier quelqu'un qui se fût trouvé derrière elle.

— Mon pauvre Michel, comme tout cela est amer. Regarde-moi un peu, car je vais te quitter pour toujours.

Michel se retourna vivement vers Catherine, paraissant l'apercevoir pour la première fois.

— Ah ! Catherine, comme tu as changé ! Tu as l'air d'une grande dame en visite et tu me gênes. Pourquoi ce chapeau et ces gants ? Comme te voici élégante, belle et cruelle.

Catherine enleva son chapeau et ses gants, elle défit son manteau et se tint debout devant Michel, sans rien qui se retire et se dérobe, ni la plénitude de son corps, ni la rondeur de ses joues, ni la suffisance de sa joie répandue sur sa peau à l'éclat de capucine. Michel mit les mains devant ses yeux et reprocha à Catherine l'insolence de sa vie.

— Quelle petite fille blessée j'ai perdue en cours

de route, répétait-il, et qui me tiendra compagnie durant le lourd sommeil de Lia ?

— Embrasse-moi, Michel, car je vais partir pour de bon.

Michel baisa peureusement la joue de Catherine. Ses doigts effleurèrent le bras coloré. Catherine subit avec patience et pitié l'attouchement léger de l'étranger.

— Voici l'anneau, Michel, l'anneau que tu m'avais donné.

Et elle le lui mit dans la main.

Michel regarda avec étonnement l'anneau d'or posé au creux de sa paume ouverte.

— Mais que ferais-je de cet anneau, Catherine ?

Catherine demeura silencieuse. Elle ferma les yeux un instant, recueillit toute sa vie, comme quelqu'un qui va mourir, n'en put détacher les dons singuliers de Michel, y retrouva un poème qu'il lui avait appris, et répondit :

— « Une toute petite bague pour le songe », Michel, rien qu'une toute petite bague.

IMPRIMERIE BUSSIÈRE À SAINT-AMAND (CHER)
DÉPÔT LÉGAL : JUIN 1985. Nᵒ 8805 (718)

Collection Points

SERIE ROMAN